**Susanne Orosz**

*wächter des schlafs*

# *wächter*
## Susanne Orosz
# *des schlafs*

**Klopp · Hamburg**

© Klopp im Ellermann Verlag GmbH, Hamburg 2011
Alle Rechte vorbehalten
Einband und Reihengestaltung: Kerstin Schürmann, formlabor
unter Verwendung einer Grafik von iStockfoto/© Bodhi Hill
Druck und Bindung: CPI – Clausen & Bosse, Leck
Printed 2011
ISBN 978-3-7817-1503-5

www.klopp-buecher.de

# kapitel eins

*Wie flüssiger Teer ist diese Nacht, schweißtreibend die Hitze. Angeblich hat es sich nach dem Gewitter abgekühlt. Es hat geschüttet, als wäre direkt über Wien ein Staudamm gebrochen. Am Praterstern standen die Autos bis zu den Scheinwerfern im Wasser. Die Gullis sind verstopft vom vertrockneten Laub und die Blätter in den alten Kastanien rascheln wie Papier. Sie flüstern, wispern mir zu:* Heute Nacht kommt eine zweite Flut – tausendmal gigantischer als dieser Regen. *Unten an der Baustelle, wo die Erde aufgerissen ist, dampft es. Zweiunddreißig Grad im Schatten waren es heute. Aber mir macht Hitze nichts aus. Nur ein glitzernder Schweißfilm an den Unterarmen. Wie zwei schlanke Jachten zeichnen sich meine Hände am Stoff der dunklen Hose ab. Künstlerhände. Vollkommen und ruhig. Die Handflächen prickeln ein wenig. Ich hätte gedacht, ich wäre völlig aufgelöst vor Aufregung. Mit tanzenden Punkten vor den Augen und nach unten rasendem Aufzug im Magen. Aber keine Spur davon. Ein leichtes Ziehen oder Spannen in den Oberschenkeln und ums Zwerchfell herum, das ist alles. Kein Zittern, eher ein angenehmes Vibrieren ist das. Wie spät? In vier Minuten kommt der Bus. Gleich ist es so weit. Mein Herz galoppiert jetzt doch. Sie wird den*

*Weg an den Brombeerhecken entlang nehmen, weil er beleuchtet ist. Sicher war sie mit Freunden unterwegs. Ob sie viele Verehrer hat? Wahrscheinlich. Aber garantiert keinen, der ihr Gedichte schreibt. Schritte. Das muss sie sein! Ich kann das gar nicht glauben, dass ich jetzt wirklich hier bin und auf sie warte. Meine Beine stehen auf und rennen los. Mein Körper macht alles wie von selbst. Da ist sie. Wie ihre Locken wippen beim Gehen. Noch drei Laternen, zwei, eine ... Das Gedicht! Verdammt, wo hab ich das Gedicht hingesteckt? Egal. Wenn sie dich morgen finden, werden sie zittern und wissen, dass ich unterwegs bin, um zu richten.*

Den Blick auf die Wagennummern geheftet, schritt Leoni an den Waggons entlang. Die Scheiben strotzten vor Staub, als hätte der Zug einen Monat Fahrt durch die namibische Wüste hinter sich. Verdammte Hitze. Warum konnte sie jetzt nicht im Flugzeug nach New York sitzen? Sie und Betty hatten sich so auf diese Reise gefreut. Endlich raus aus der blöden Geschichte mit Max und eintauchen in eine grandiose Welt. Chinatown, die Nightclubs in Greenwich, die Bronx, Brooklyn ... einfach dahinsurfen auf dieser Welle aus Leben, Fotos machen und die Energie der Stadt in sich aufsaugen. Stattdessen: Wien.

»Viel Spaß mit den Lipizzanern und Sissi!«, hatte Belkiz beim Abschied gealbert. Scheiße. Warum hatte bloß dieser blöde Unfall passieren müssen? Betty war eine Sportskanone, die fitteste Mutter von St. Pauli bis Manhattan. Und dann das: akuter Bandscheibenvorfall. Jetzt lag Betty im Krankenhaus und sie hatten die Flüge im letzten Moment stornieren müssen.

Leoni setzte die Tasche ab und massierte ihre Schulter. Halb sieben. Immer noch so eine Affenhitze. Das T-Shirt klebte an Leonis Rücken. In Wien würde es noch dicker kommen. Diane hatte was von zweiunddreißig Grad gesagt. Leoni zog den Computerausdruck der Fahrkarte aus der Gesäßtasche und wischte mit dem Handrücken über ihre Stirn. Ihr Schädel brummte. Blöd, dass sie ihre Wasserflasche zu Hause auf dem Kühlschrank stehen gelassen hatte. Sie sollte mehr trinken bei der Hitze. Merkwürdig, wie leer der Bahnsteig war. Nur eine junge Frau mit einem Instrumentenrucksack war zu sehen. Den Umrissen nach war eine Tuba in dem Rucksack. Leoni konnte die Wagennummer hinter dem verschmutzten Türfenster kaum erkennen. Einhundertzweiundsiebzig mochte das heißen, oder einhundertzweiundzwanzig. Das Mädchen mit dem Rucksack unterhielt sich mit einem schlaksigen Typ. Braune Uniform – das musste der Schaffner sein. Der Typ stand auf und schlurfte neben dem Mädchen in Richtung Lok. Seine Hosenbeine und Ärmel waren viel zu kurz. Ulkig. Wie in einem Slapstickfilm. Warum rannten die so? Der Zug fuhr doch erst in fünfzehn Minuten. Die schwere Tasche knallte Leoni bei jedem Schritt gegen die Knie. Sie kam kaum vorwärts. Es klingelte auf einmal hinter ihr. Leoni tappte ungeschickt zur Seite. Sie hatte den Typ gar nicht kommen sehen. Haarscharf raste der Alte auf seinem Klapprad an ihr vorbei. »Hallo! Augen auf!« Kopfschüttelnd bretterte er weiter.

Leoni rückte den Tragegurt auf der Schulter zurecht und setzte sich wieder in Trab. Alte Leute konnten sich echt alles erlauben. Wie oft war sie schon auf Skates am Bahnhof angepfiffen worden. Leoni kniff die Augen zusammen. Einhundertzweiundsiebzig. Wien-Westbahnhof. Das war ihr Wagen. Sie stellte die Tasche ab und wischte die schweißnassen Handflächen an der kurzen Jeans ab. Graue Pünktchen tanzten an den äußersten Rändern ihres Blickfelds. Das war der Kreislauf. Ächzend streckte Leoni sich nach dem kleinen Türhebel und zog. Schweißtropfen fielen aus ihren Locken und liefen kitzelnd den Nacken hinunter. Der Hebel bewegte sich keinen Millimeter. Leoni hängte sich mit ihrem ganzen Körpergewicht an den Metallknauf. Nichts. Es hatte keinen Sinn. Gerade als sie loslassen wollte, nahm sie einen Schatten im Türfenster wahr. Die Tür schlug mit dumpfem Geräusch auf und das kleine Metallgitter des Trittbretts krachte gegen Leonis Schienbein. Sie bückte sich und sog zischend die Luft ein. Ihr Schienbein brannte. Winzige Blutperlen schossen zwischen die weißen Hautfetzen der kleinen Wunde und verdichteten sich am Rand zu einem dünnen Rinnsal. »Shit.«

»Ojöh. Ich hab Sie gar nicht gesehn. Ham Sie sich wehgetan?« Leoni glotzte nach oben.

Sie konnte seine Tränensäcke sehen. Trotz des tief sitzenden Schirms seiner Uniformmütze. Schlaff wie die Gliedmaße einer Marionette baumelte sein Arm aus der offenen Tür und griff nach ihrer Tasche.

»Warten S' einmaaal, ich heeelf Ihnen mit dem Gebäääck.«

Die Vokale des Schaffners hatten den zähen Klang einer singenden Säge. Ekelhaft. Leoni musste an Kaugummi denken. Ehe sie etwas sagen konnte, war der schwarz behaarte Unterarm samt ihrer Tasche im Waggon verschwunden.

Leoni kletterte das Treppchen hoch. Das Klappergestell in Schlafwagenuniform sauste wie ein Wiesel den Korridor entlang. Erstaunlich. Bei dem lahmen Sprechtempo hätte sie ihm diese Geschwindigkeit gar nicht zugetraut.

»Abteil vierundzwanzig!« Das klang eher nach einer Feststellung als nach einer Frage.

Der Schaffner riss die Abteiltür auf und verschwand zwischen den grauen Vorhängen. Merkwürdig. Alle Korridorfenster der Abteile waren mit denselben zerschossenen Vorhängen abgedunkelt. Aber wozu? Außer der Tubaspielerin und ihr gab es doch gar keine Fahrgäste. Und woher wusste diese gruselige Vogelscheuche von Schaffner ihre Abteilnummer?

Leoni zog den schmutzigen Vorhang mit Fingerspitzen beiseite. Die stickige Luft im Abteil nahm ihr fast den Atem. Der Schaffner klappte eine der Liegen hinunter und verteilte die Bettwäsche darauf. Der scharfe Geruch seiner durchgeschwitzten Uniform vermischte sich mit dem Mief aus der grünen Sitzpolsterung.

»So, bitte schöön.« Er schob sich dicht an Leoni vorbei und hievte ihre Tasche in den Stauraum über der Abteiltür. »Außer Ihnen kommen noch drei Herrschaften.«

Leoni nickte. Vor Trockenheit fühlte sich ihr Mund ganz schuppig an. Sie machte sich am Rollo zu schaffen. Es klemmte.

»Machen S' Ihnen ruhig auf, das Fensteer!«, sagte die singende Säge lachend.

Leoni werkelte am Rollo herum. Plötzlich sauste es hoch und blieb auf halber Höhe hängen.

»Mocht nix. Wiad eh glei finstaa.« Der Schaffner riss

seinen Mund zu einem stummen Lachen auf. Er war sichtlich begeistert von seinem Witz.

»Schaun S'. Licht ist daaa.« Sein dürrer Finger zeigte auf eine Batterie von Schaltern.

»Türsperree, Heizung ...«

»Wo ist die Klimaanlage?«, hauchte Leoni.

»Klimaa? Homma neet.« Der Schaffner drängte sich an Leoni vorbei nach draußen.

»Wenn S' noch was brauchen, ich bin vornee.«

Während er sich über den Korridor davonmachte, klatschte er mit der flachen Hand gegen die Abteiltüren.

Leonis Handy zeigte noch zehn Minuten bis zur Abfahrt. Sie brauchte etwas zu trinken! Dringend.

Wahnsinn, zu welchen Themen Zeitschriften und Hochglanzmagazine angeboten wurden. Leoni drückte die eisgekühlte Plastikflasche an die Schläfe und betrachtete das Zeitungsangebot: *Urlaubstipps für Singles*, *Exotic-fruit-Drinks*, *Kräuter gegen Depressionen*. Leoni nahm das Sonderheft über Trennungen in die Hand und blätterte darin. Warum trennten sich Paare und wer machte den ersten Schritt? Wer löste sich eher aus einer bestehenden Partnerschaft: Männer oder Frauen? Achtundsechzig Prozent der Männer gaben eine jüngere Frau als Trennungsgrund an. Das traf in Leonis Fall schon mal nicht zu. Max' blonde Barbieschnecke war eindeutig älter als Leoni. Aber was das Kommunikationsverhalten im Trennungsprozess anbelangte, lag Max vollkommen im Trend. Siebenundsiebzig Prozent der männlichen Befragten rückten erst dann mit ihrer Trennungsabsicht heraus, wenn sie ihre neue Beziehung nicht mehr geheim halten konnten. Was hatte dieser Feigling am Telefon rumgeeiert! Das mit dem Kletterurlaub würde leider doch nichts werden. Da wäre ihm was dazwischengekommen, und Leoni müsste das doch verstehen, und eigentlich wäre es ohnehin besser, den Urlaub zu verschieben. Leoni wurde jetzt noch speiübel von so viel Verlogenheit. Sie pfefferte das Magazin auf den Stapel zurück. Dieser Idiot war es nicht wert, dass sie ihm auch nur eine Träne nachweinte. Da hatte Betty schon recht. Sie musste Max aus ihrem Kopf rauskriegen. Nicht mehr nachdenken, wegfahren, Spaß haben. Verdammte Herzscheiße. Entschlossen griff Leoni eine zweite Flasche Cola aus dem Kühlregal und strebte damit zur Kasse. Wien war sowieso besser geeignet, diesen Vollidioten zu vergessen. In Wien gab es Rita, Dianes Freundin, fast schon so was wie eine große Schwester. Wäre ja noch schöner, sich von diesem bekrackten Typ die Ferien vermiesen zu lassen. Es reichte schon, dass sie sich Sorgen um Betty machen musste. Zum Glück war die Operation gut verlaufen und morgen käme sie vom Krankenhaus in die Rehaklinik.

Es war der Handschuh, der Leoni sofort auffiel. Eine Art Arbeitshandschuh, wie man sie bei der Gartenarbeit trägt. Trotzdem wirkte der Handschuh vornehm und teuer. Der Mann mit der Glatze hielt damit einen Packen Tageszeitungen an seine Brust gepresst. Leoni erkannte den Fahrradrambo von eben wieder. Über dem Kragen seines grauen Outdoorhemds zeichnete sich ein großflächiger Pigmentfleck ab. Sein geringschätziger Blick taxierte Leoni und blieb zwischen ihrem Top und dem tief sitzenden Hosenbund ihrer Shorts an dem Piercing ihres Bauchnabels hängen.

»Das ist kein Piercing. Das ist ein GPS-Gerät, so was wie ein Minisender, verstehen Sie?«

Der Alte lief rot an und wandte sich stumm ab. Ungeschickt hantierte er mit seiner Geldbörse. Einige der Zeitungen fielen zu Boden. *Mord* las Leoni auf der Titelseite. Neugierig verdrehte sie den Kopf. Aber da hatte der Alte sich schon gebückt und riss die Zeitung aus Leonis Blickfeld. Er stopfe sie unter den Arm, zahlte und hastete nach draußen.

»Arschgeige«, murmelte Leoni und schaute dem Alten nach. Er zog beim Gehen das linke Bein nach.

Verdammt. Schon drei vor halb. Leoni jagte über den leeren Bahnsteig. Der Glatzkopf stand am Waggon und hob sein Rad mit der Handschuhhand an einem Griff hoch. Es machte »klack« und der Rahmen faltete sich auf halbe Größe. Cool. Leoni rannte zur vorderen Waggontür weiter. Ein greller Pfiff ertönte. Das Signal zur Abfahrt. Leoni zog sich rasch mit einer Hand über die Metalltreppe hoch. Zischend klappte die Waggontür hinter Leoni zu. Puh, das war knapp. Leonis Herz pumpte und das Blut rauschte in ihren Ohren. Verdammte Hitze. Unglaublich, dass sie vor drei Tagen mit ihrer Mutter noch ihre täglichen Runden durch den Park gedreht hatte. Mit abschließendem Sprint über die Treppe in den vierten Stock. Dabei war es dann auch passiert. Beim Wettlauf zum Dachboden. Wer als Erste am Reisekoffer war. Leoni hatte versucht, ihre Mutter abzuhängen. Aber schaff das mal bei einer sechsfachen

Marathonikin. Bei dem Gerangel auf der Treppe hatte Betty irgendeine blöde Bewegung gemacht. Sie war langsam in die Knie und gegangen und hatte einen dumpfen, kehligen Laut von sich gegeben. Wie ein verstimmtes Blechblasinstrument hatte es sich angehört. Aber Leoni hatte das Signal genau verstanden. Es kündigte an, dass alles sich radikal verändern würde.

»Guten Abend.«

Zwei Augenpaare blickten Leoni aus dem Abteil entgegen. Das eine gehörte dem Glatzkopf mit dem Fahrrad, das andere einem gemütlichen grauen Wuschelkopf in ausgebeultem dunkellila Hosenanzug. Die Frau fächelte sich mit einem Magazin Luft zu und lächelte Leoni wohlwollend an. Der Glatzkopf, offenbar ihr Mann, nickte kurz und senkte seinen Blick wieder in die Zeitung. Sein Handschuh lag neben ihm und verdeckte die Titelzeile einer Zeitung.

»Sorry.«

Leoni hob die Leiter aus der Verankerung und lehnte sie an der gegenüberliegenden Seite an die Tür. Oben im Stauraum lag neben ihrer Tasche das Faltrad.

»Mein Mann hat einen Gehfehler, wissen Sie? Deshalb braucht er das Rad«, erklärte die Frau. Sie legte den Kopf schief und beobachtete, wie Leoni auf der Leiter stehend ein kleines Fläschchen aus der Tasche kramte.

»Reisekrank?« Die Frau rückte ein Stück und machte Leoni neben sich Platz.

»Nur etwas schwindlig, wegen der Hitze.«

Leoni ließ sich drei Tropfen Flüssigkeit auf die Zunge fallen und spülte mit Cola nach.

»Mein Mann hat auch Probleme mit dem Kreislauf.«

Die Frau machte ein mitfühlendes Gesicht. Ihr Mann ließ die Zeitung sinken und starrte Leoni entgeistert an. Was war los? Sein Blick durchbohrte sie, als hätte er gerade ein Fahndungsfoto von Leoni in der Zeitung gesehen.

Irgendwie unangenehm, dieses Schweigen. Leoni schielte nach der Titelzeile.

*Frauenmörder hält Wien in Atem. Polizei fahndet ohne Ergebnis.*

»Fahren Sie auch nach Wien?« Leoni konnte den besorgten Unterton in der Stimme der Frau erst nicht richtig zuordnen. Nach einem Moment verstand sie, dass die Sorge ihr galt. Wie niedlich. Es war wirklich lange her, dass sich jemand Sorgen um sie gemacht hatte. Ein wohltuendes, warmes Gefühl war das. Die Augen der Alten wirkten unter den Brillengläsern groß wie Murmeln.

»Ich besuche meine Tante in Wien. Sie ist Journalistin«, beruhigte Leoni die Frau.

»Wie interessant. Jedenfalls haben Sie dann jemand, der auf Sie aufpasst.«

»Ich glaube, die junge Frau kommt gut allein zurecht«, schaltete der Mann sich ein. Es musste an der fürsorglichen Art liegen, mit der seine Frau Leoni begegnete. Jedenfalls waren seine Gesichtszüge mit einem Mal entspannt und seine Wangen glänzten rosig.

»Ich wohne in St. Pauli. Da kommt so was jeden Tag vor. Ich meine Raub, Mord, Körperverletzung …«, erklärte Leoni.

Die Frau machte ein skeptisches Gesicht. »Und da fürchten Sie sich gar nicht?«

Leoni schmunzelte. »Ich kann mich nicht daran erinnern, schon mal wirklich Angst gehabt zu haben. Meine Mutter hat mich so erzogen. Und mit der Zeit entwickelt man einen Instinkt für gefährliche Situationen – jeder, der auf dem Kiez wohnt. Ich glaube, ich hab so was wie einen Autopiloten dafür. Der schaltet sich ein, wenn's brenzlig wird.«

»Die junge Dame hat GPS, der passiert nichts.« Der Mann grinste und hob die Zeitung vors Gesicht. »Derartige Verbrechen treffen nur Ängstliche«, erklärte er. »Mörder sind Wölfe. Sie wittern die Angst ihrer Opfer.«

Die Frau stieß geräuschvoll Luft aus. Die Argumente ihres Mannes schienen sie nicht zu überzeugen.

»Es war sicher eine Beziehungstat«, sagte Leoni schnell. »Da müssen Sie sich gar keine Gedanken machen.«

»Bestimmt.« Die Frau nickte.

»Ein Jogger entdeckte die Leiche am Montagmorgen«, las der Mann murmelnd. »Neben der Toten wurde ein Gedicht gefunden und die Ankündigung weiterer Morde. Fraglich ist, ob das Opfer vor ihrem Haus in der Dreyhausstraße zufällig auf ihren Mörder getroffen ist oder ob dieser schon auf sein Opfer gewartet hat. Mit vierzehn Messerstichen hat er das Mädchen auf grausame Weise getötet und hinter einem Gebüsch verscharrt.«

Die Frau kramte geräuschvoll in einer Papiertüte. Sie zog ein Fischbrötchen heraus und hielt es Leoni hin. »Wollen Sie? Mein Mann stammt aus Kiel. Einmal im Jahr fahren wir ans Wasser. Er braucht das platte Land.«

Die Frau warf dem Glatzkopf einen bösen Blick zu. Er zog verständnislos die Schultern hoch. Leoni griff zögernd nach dem Brötchen. Der Hering darin stank säuerlich.

»Wir sind beide Lehrer. Biologie und Physik. Aber wir sind schon lange in Pension – keine Angst.«

Der Mann hatte sich auch ein Brötchen genommen. Er legte die aufgefaltete Zeitung neben sich und aß.

»Wie dieser Polenmörder damals, weißt du noch? Das ist jetzt zehn, vielleicht fünfzehn Jahre her. Blutjunge Mädchen hat der umgebracht. Alle aus Polen. Den haben sie auch nie gekriegt.«

Die Frau ließ seufzend ihr Brötchen sinken. »Könnten wir vielleicht über was anderes reden?«

Leoni griff sich die Zeitung. Hastig überflogen ihre Augen die Zeilen. Unmittelbare Zeugen gab es für den Mord nicht, doch hatte eine Passantin kurz nach Mitternacht einen Verdächtigen gesehen. Demnach handelte es sich um einen circa 1,75 Meter großen Mann mit dunklen Haaren. Bekleidet war er mit dunkelblauen Jeans und einer grünen Jacke. An den Händen soll der Mann Blut gehabt haben. Die Polizei ersuchte um weitere Hinweise. Unten auf der Seite gab es ein Foto des Opfers. Eine junge Frau mit halblangen, dunklen Locken war darauf abgebildet. Das Bild war grobkörnig und nicht besonders scharf. Leoni fühlte, wie ihr Blick von dem geheimnisvollen Augenpaar des Mädchens aufgesogen wurde. Sie starrte gebannt auf das Foto. Dann begriff sie. Trotz der schlechten Bildqualität war zu erkennen, dass das Opfer Leoni wie aus dem Gesicht geschnitten war. Ein breites, kraftvolles Lachen stand in ihrem Gesicht. Entschlossene Augen, schmale, gerade Nase und ein weiches Kinn. Das Mädchen war genau ein Jahr älter als Leoni und hatte sich gerade an der Uni für Wirtschaftsinformatik eingeschrieben.

Leonis Hand stieß unabsichtlich mit der aufgefalteten Zeitung gegen die Schulter der Frau.

»Entschuldigung«, murmelte Leoni.

Die Frau lächelte freundlich. »Eine Zumutung, wie eng diese Waggons sind, finden Sie nicht? Es kommt übrigens noch jemand dazu. In Passau, ein Herr.«

Die Warmherzigkeit der Frau tat Leoni gut. Erleichtert sah sie, wie die Frau das Fischbrötchen, das Leoni verschmäht hatte, zurück in die Tüte steckte.

An Schlaf war auf der schmalen Pritsche dicht unter der stickigen Decke des Abteils nicht zu denken. Starr, mit aufgerissenen Augen lag Leoni da und versuchte, so flach wie möglich zu atmen. Es stank erbärmlich nach Schweiß und dem Mief aus den Sitzpolstern. Der Trick, die eklige Luft durch ein T-Shirt über dem Gesicht zu filtern, war wegen akuter Erstickungsgefahr gescheitert. Zudem klapperte und flatterte das verhakte Rollo am Fenster und die beiden Alten gurgelten und schnarchten lautstark im Schlaf. Zweimal hatte Leoni das Gefühl, ganz dicht an der Oberfläche des Schlafs entlangzugleiten und endlich langsam absacken zu können in süße Entspannung, doch jedes Mal fuhr der Zug genau dann in die Kurve und geriet in Schräglage wie ein Segelboot bei Windstärke acht. Mal wurde Leonis Körper am Kopf- und dann am Fußende schmerzhaft zusammengestaucht. Blöd. Jetzt verlor der Zug an Geschwindigkeit und fuhr quietschend in eine Station ein. Leoni belüftete ihren Bauch unter dem T-Shirt. Ihr ganzer Körper war schweißgebadet. Von draußen drangen Stimmen herein. Abteiltüren wurden aufgerissen. Dann ruckelte es heftig und die Fahrt ging weiter. Die Hitze kribbelte unter Leonis Haut wie Ameisen. Halb zwei zeigte das Display des Handys. Hier drin schlafen zu können war nichts als eine süße Illusion. Egal. Morgen hatte sie ja alle Zeit der Welt, um sich bei Diane ordentlich auszuschlafen. Die Aussicht darauf war tröstlich und allmählich ließ das Kribbeln in Leonis Gliedmaßen nach. Ein bisschen entspannt vor sich hin dösen war doch auch okay. Eigentlich ganz angenehm, dieses rhythmische Geklopfe der Räder. Leoni schielte nach unten. Der Haarschopf der Frau bildete einen dunklen Fleck auf dem hellen Kissen. Ihr Schnarchen klang jetzt beruhigend und friedlich. Leoni streckte sich auf ihrer Pritsche aus und atmete tief durch.

Aber was war das? Da war waren doch Schritte vor der Abteiltür. Und noch ein anderes komisches Geräusch. Ein Schnaufen oder Fauchen. Genau das war es. Da schnaufte einer aufgeregt. Das war doch absurd. Leoni lauschte. Alles ruhig. Sie schloss die Augen. Mist. Vielleicht sollte sie noch etwas trinken? Die Frau hatte unten zwei Flaschen Wasser hingestellt. »Bedienen Sie sich bitte«, hatte sie gemeint. Halb liegend, halb sitzend spreizte Leoni ihr rechtes Bein zur mittleren Leitersprosse. Ohne artistische Fertigkeiten lief hier drin rein gar nichts. Lautlos schwang sie sich nach unten und tastete sich über Taschen und Schuhe zum Fenster vor. Dann griff sie nach der Wasserflasche. Lauwarm floss das Wasser durch Leonis Kehle. Immerhin war es nass. Da war dieses Schnaufen wieder. Es kam von der Tür. Leoni wandte sich um und sah, dass die Tür handbreit geöffnet war. Vorsichtig schoben sich drei Finger durch den Spalt und tasteten an der Türkante nach oben. Leoni fühlte sich mit einem Mal hellwach. Sie kletterte zwei Leitersprossen nach oben und hob die Flasche. Der Kerl würde keine Chance haben. Wie die Katze vor dem Sprung beobachtete sie, wie die Hand den Arretierungsschalter umlegte. Die Tür wurde aufgezogen und ein Schatten schob sich ins Abteil. Leoni holte aus. Unten richtete sich die Frau auf ihrer Liege auf und schaltete das Licht an. Jetzt erkannte Leoni, dass die Gestalt eine Uniformmütze trug.

»Allees in Oadnuung? Sie hom net zuagspeat. Des ist gfeahliich.«

Die alte Frau spähte am Schaffner vorbei zu Leoni hoch und grinste anerkennend. Leoni ließ schnell ihre Waffe sinken.

»Wir ersticken hier drin, wenn wir die Tür nicht auflassen«, erklärte die Frau. »Und bei offenem Fenster kann ich nicht schlafen. Da ist morgen mein Nacken steif wie der von Frankenstein.«

Der Schaffner schnaufte.

»Es ist gegen die Vorschrift. Ich muss die Tür zuaspeaan. Sie woin doch ka Risikoo.«

»Wir passen schon auf uns auf. Danke schön. Gute Nacht.«

Der Schaffner schlurfte nach draußen.

»Sie sind eine gute Wächterin, meine Liebe. Wenn Sie noch was trinken wollen, nehmen Sie.«

»Danke«, flüsterte Leoni. »Ich hab schon.«

Sonnenflecken tanzten auf der gegenüberliegenden Abteilwand. Leoni blinzelte. Das Rollo war hochgezogen und die Pritsche über der Sitzbank heruntergeklappt. Die alte Frau und ihr Mann waren verschwunden. Sie mussten ausgestiegen sein, weil auch das Fahrrad und das Gepäck der beiden fehlte. Leoni spähte nach unten. Ein Gewühl aus Decken, Kissen und Leinenschlafsäcken befand sich auf den Sitzen.

Sie richtete sich verwirrt auf. Dann ergriff sie die Leiter und kletterte nach unten. Kurz bevor sie den Boden erreichte, sah sie ihn. Er stand draußen vor der Abteiltür, den Rücken zu ihr. Er kämmte sich in der spiegelnden Fensterscheibe. Seine blonde Pilzkopffrisur strahlte wie ein Helm. Da, wo die Zinken durch seine fülligen Haare pflügten, zeichneten sich kupferne Strähnen ab. Sein makellos weißes Hemd war ihm zwei Nummer zu groß und steckte schlampig im tief sitzenden Bund seiner Levis. Das musste der vierte Fahrgast sein, den die Frau gestern erwähnt hatte. Als er Leoni in der Fensterspiegelung sah, drehte er sich um und zog die Tür auf.

»Na, gut geschlafen?«

Offenbar hatte er viel Sonne abbekommen in den letzten Tagen. Sein Nasenrücken unter der dunklen Brille sah nach Sonnenbrand aus. Leoni erwachte aus ihrer Erstarrung.

»Raus hier. Das ist ein Frauenabteil.«

Der Typ grinste und ließ den Daumennagel über die Zinken seines Metallkamms gleiten. Wie Elfenmusik sirrte das.

»Ach, Frauenabteil. Und deshalb stinkt's hier wie in 'ner Jungsumkleide?«

Leoni packte eines der Kissen und drückte es ihm gegen die Brust.

»Raus.«

Der Typ torkelte mit erhobenen Händen rückwärts und lachte.

»An deiner Stelle würde ich mir noch was anziehen, wir sind gleich da.« Leoni stieß den Kerl nach draußen und riss den Vorhang zu. Mist. Er hatte recht. In lila Slip und grünem Hoger-Shirt würde sie in Wien vielleicht keinen gelungenen Auftritt haben. Draußen zogen dicht bewaldete Hügel vorbei. Sicher schon der Wienerwald. Sie musste in die Gänge kommen. Eilig streifte sie ein frisches T-Shirt und die Shorts über und holte ihr Gepäck nach unten. Unter der Mineralwasserflasche steckte ein Zettel. »Schöne Tage in Wien. Geben Sie auf sich acht. Liebe Grüße P & S.«

Leoni trank in großen Schlucken die Flasche leer und betrachtete dabei den dunstigen Himmel. Keine einzige Wolke zeigte sich und die Sonne brannte als entfernte, weiße Scheibe. Schon wieder so ein heißer Tag.

Sie klappte den Müllbehälter auf und erstarrte. Leoni blickte direkt in die Augen ihres eigenen Konterfeis. Zwischen zwei Saftpackungen steckte die Zeitung mit dem Bild des Mordopfers. Leoni fühlte ihr Herz aufgeregt pochen. Schnell warf sie die Flasche hinein und klappte den Behälter zu. Okay, das Mädchen sah ihr sehr ähnlich und es war beinahe genauso alt. Aber das war auch schon alles. Es gab keinen Grund, sich weiter für die Sache zu interessieren. Solche Dinge passierten. Schrecklich, aber wahr. Was hatte sie damit zu tun? Leoni atmete durch und sah hinaus auf die vorbeirasenden Felder. Ihre Augen brannten. Sie fühlte sich wie gerädert nach so wenig Schlaf. Auch das heftige Pochen in ihrem Kopf war wieder da.

Die Tür rollte zur Seite. Es war der Typ von eben. Mit einem Tablett in der Hand stand er da und grinste.

»Ich brauch kein Frühstück«, fauchte Leoni.

Er setzte sich zwischen die Laken und Kissen auf die Pritsche und stellte das Tablett neben sich.

»Es war nicht leicht, der Schlafmütze von Schaffner noch was aus den Rippen zu leiern. Nimm wenigstens den Kaffee, die Semmeln sind eh scheiße.«

Er hielt Leoni den Pappbecher hin. Der Kaffeeduft schmeichelte ihren Geruchsnerven. Leoni griff nach dem Becher und zog den Deckel hoch. Schon der erste Schluck fühlte sich an, als hätte jemand den Generalschalter zur Energieversorgung ihres gesamten Organismus umgelegt.

»Na, schon besser, was?« Schmunzelnd pulte er mit dem Stiel seines Kamms unter dem linken Daumennagel. Leoni schwieg. Sie war genervt von ihrer eigenen Verführbarkeit. Der Typ war wirklich nicht unsympathisch, aber total aufdringlich.

»Sorry. Ich hab dem Schaffner gesagt, er soll dich schlafen lassen. Wenn du kein Frühstück bekommen hättest, wär's meine Schuld gewesen.«

Leoni pustete in den Kaffee und zuckte mit den Achseln.

Seine Augen waren grün. Verträumte grüne Elfenaugen und so lange Wimpern wie ein Mädchen. Seine Hände ruhten auf den Oberschenkeln seiner Jeans. Langgliedrige, schmale Hände. Ein breiter Silberring steckte an seinem Daumen. Leoni trank ihren Kaffee in kleinen Schlucken. Angenehm, dass die Kopfschmerzen nachließen.

»Ich schaff's auch nicht zu schlafen, in so 'nem Zug. Und schon gar nicht bei der Hitze.« Seine Stimme surrte beruhigend wie eine Nähmaschine.

»Außerdem ist so ein Schlafwagen der totale Horror. Stell

dir vor, du schläfst, wildfremde Leute sind um dich rum und gucken dir zu. Ich meine, die können mit dir doch alles anstellen und du merkst es gar nicht.«

Leoni nickte. Was laberte der für einen abgefahrenen Mist? Sie griff nach dem Brötchen, stieß das Plastikmesser hinein und säbelte. Knacks. Das Messer brach ab.

»Ich sag doch, die Semmeln sind scheiße. Ich geh ins Café Westend frühstücken. Kommst du mit? Das ist gleich am Bahnhof.«

Leoni wischte energisch die Brösel von den Knien. »Ich werde abgeholt.«

»Aha. Bleibst du länger in Wien?«

Grüne Sternenaugen. Sehr süß, wirklich. Aber seine Plaudertaschenart nervte.

»Wie lang ich bleibe, geht dich nicht wirklich was an, nicht wahr?«

»Ich wollte nur ... schon okay.«

Sie holte das Handy aus der Tasche und schaltete es an. Eine Nachricht von Diane war drauf. Sie würde sich ein paar Minuten verspäten. Blöd. Ein paar Minuten konnten bei ihr schon mal eine Stunde ausmachen. Leoni überlegte. Noch konnte sie die Einladung zum Frühstück annehmen. *Hütteldorf* las sie draußen auf einem Stationsschild. Nach Wien waren es höchstens noch zehn Minuten. Der Typ war rausgegangen. Er stand mit Kopfhörern vor dem Abteil und hörte Musik aus einem blauen iPod. Wie Orangenmarmelade glänzten die Strähnen in seinen Haaren. Ob die Haarfarbe echt war? Komischer Vogel. Und irgendwie unbeholfen. Das kam wohl durch die Brille. Genau das Gegenteil von Max. Max war immer so tough.

Hey, halt, stopp! So war das nicht gedacht. Der Urlaub sollte dazu dienen, Abstand zu kriegen von der Sache mit Max, und nicht sofort reinzustolpern in die nächste Boyzone. Als hätte er Leonis Blick im Rücken gespürt drehte er sich um und hob lächelnd die Hand. Doch, doch! Der war schon süß, irgendwie. Weiche, schmale Lippen. Sicher fühlte es sich gut an, sie zu küssen.

»Wien – Westbahnhof, Wien – Westbahnhof. Der Zug endet hier. Wir bitten alle Reisenden auszusteigen.« Die Durchsage schepperte durchs offene Waggonfenster. Dann das Kreischen und Scheuern der schweren Räder auf Metall. Der Zug quietschte und hielt. Leute mit Koffern und Taschen quetschten sich durch den Korridor. Leoni zog die Tür auf. Weg war die Hornbrille. Einfach verschwunden. Sicher hatte er sein Gepäck schon vor der Ankunft draußen bereitgestellt und war längst ausgestiegen. Leoni schleppte ihre schwere Tasche hinter einer schwitzenden Frau in kleingeblümter Sommerbluse zum Ausstieg. Noch nicht mal neun und die Sonne brannte erbarmungslos. Leoni hängte ihre Tasche über die Schulter und bewegte sich mit dem Strom der Reisenden über den Bahnsteig auf die gläsernen Eingangstüren des Bahnhofs zu.

»Ich heiße Janek, übrigens.«

Leoni schrak herum. Der Brillenelf! Er hielt eine Stofftüte vollgestopft mit Büchern in der Hand. Auf den Schultern hatte er einen roten Bergrucksack. Sein Hemd stand offen. Glatte, sanfte Haut war zu sehen.

»Wie wär's mit 'ner Stadtbesichtigung, wenn du schon kein Frühstück willst?«

Leoni beschleunigte ihre Schritte.

»Nicht nötig. Ich kenne Wien.«

Irgendwie war der Typ unheimlich. Hatte er ihr aufgelauert? Die Stofftüte gegen die Brust gepresst, eilte er neben ihr her.

»Ich kenne spezielle Orte in Wien. Mystische Plätze. Da kommst du als Normaltouri gar nicht hin.«

Leoni begann zu rennen. Die Kante der Tasche zeichnete einen roten Striemen auf ihren Oberschenkel. Janek stieß die Glastür auf. Ein Zettel steckte zwischen seinen Fingern.

»Hier. Meine Telefonnummer. Kannst es dir ja überlegen.«

Leoni schaute haarscharf an ihm vorbei und marschierte weiter. Das Innere der Betonhalle war trostlos. Vor der gegenüberliegenden Glasfensterfront schwebte bedrohlich das schwarze Ziffernblatt einer riesigen Uhr.

»Wer holt dich denn ab?«

Leoni stieß verächtlich die Luft aus. Gab der Typ eigentlich nie auf? Janek grinste. Plötzlich wurde er unsicher und blickte zu Boden.

»Okay, schon kapiert. Dann mach's gut«, flüsterte er.

»Ebenso, tschüs.«

Na endlich. Leonis Blick verfolgte Janek, wie er die Rolltreppe abwärtsstapfte und dem Ausgang zustrebte. Noch einmal blitzte sein roter Rucksack auf, als er sich draußen zwischen im Stau stehenden Autos auf die andere Straßenseite schlängelte.

# kapitel zwei

*Wie die alten Kastanien wispern. Ihre Baumkronen sind so ausladend und weit. Genauso fühlt mein Herz sich heute. Bei den Rhododendren habe ich auf sie gewartet. Kurz nach elf war sie da. Was für wunderschöne schwarze Locken. Bei jedem Schritt haben sie ihren Nacken umspült wie dunkles Wasser. Kurz hat sie gezögert, als sie mich gesehen hat. Wie ein witterndes Kaninchen hat sie ihre Nase in die Luft gereckt. Sie muss etwas gespürt haben, weil sie sofort losgerannt ist. Dabei kann sie mich noch gar nicht richtig gesehen haben. Wahrscheinlich ein Instinkt. Die Wiesen und Hecken haben unsere Schritte und ihre Schreie vollkommen verschluckt. Ich habe ihr immer wieder ein wenig Vorsprung gegeben, weil es so wahnsinnig schön war, ihr nachzujagen, sie immer wieder einzuholen und dann doch wieder laufen zu lassen. Ich glaube, es hat ihr sogar auch ein bisschen Spaß gemacht. Nur wir beide. So eine tiefe Verbindung. Ich war ganz klar im Kopf und hab es in aller Ruhe auf den Punkt gebracht. Schritt für Schritt. Danach bin ich noch eine ganze Weile bei ihr geblieben, hab sie angesehen und mit ihr geredet. Ich glaube, es war das Ergreifendste, was ich je erlebt habe. Ihr Ohr. So zart und zerbrechlich. Ich habe mich neben sie gelegt und ihr mein Gedicht ins Ohr geflüstert:*

*Meine schwarze Häsin*
*mit dem gesträubten Fell*
*er kämmt dein Gedärm*
*mit blanken Zinken*
*legt sorgsam Schlinge*
*zu Schlinge*
*Herz zu Nieren*
*und lehrt dich zu trennen*
*Unrecht von Recht*
*bis der Boden bedeckt ist*
*von Rosen*

Rita fädelte konzentriert ihren Wagen in das Nadelöhr einer Umleitung. Zwei Straßenarbeiter in orangen Westen winkten den Verkehr an einem frisch geteerten Fahrbahnstreifen vorbei. Die heiße Teerschicht dampfte und stank nach Schwefel.

»Man fragt sich, wozu die das machen.« Rita kurbelte ihr Seitenfenster hoch. »Den ganzen Sommer über reißen sie die Straßen auf und schütten sie hinterher wieder zu. Autofahren kannst du überhaupt nicht mehr in dieser Stadt. Hast du keinen Hunger?«

Leoni öffnete vorsichtig die Papiertüte. Ein Duft von Vanille und frischer Butter stieg in ihre Nase.

»Was ist es?«, brüllte Leoni.

Ihre Frage wurde überlagert vom Lärm der Pressluftbohrer. In hohen, metallischen Tönen lieferten sie sich ein ohrenbetäubendes Duell. Das war jetzt schon die dritte Baustelle in nur fünf Minuten.

»Topfenkolatschen. Für dich extra ohne Rosinen!« Rita

strich eine Strähne ihres dichten Haars hinters Ohr und lächelte. Rita war unschlagbar. Selbst nach Jahren erinnerte sie sich an Vorlieben von Menschen, die sie kannte.

Leoni hob die gigantische Blätterteigtasche vor ihre Nase und schnupperte. Der Teig war feucht und schwer. Dann biss sie zu. Ihre Zähne durchdrangen den leichten Widerstand der knusprigen Blätterteigschicht und stießen auf die saftige Füllung aus sahnig süßem Quark. Eigentlich hatte sie gedacht, wegen der Hitze keinen Bissen runterkriegen zu können. Aber jetzt überfiel Leoni ein regelrechter Heißhunger. Es tat gut, etwas zu essen. Vor allem nach dieser höllisch anstrengenden Nacht.

*Café Westend* las Leoni über den hohen Scheiben des Ecklokals. Bei dem Straßenlärm war es sicher alles andere als gemütlich, darin zu frühstücken.

»Cool, dass du für Diane eingesprungen bist.« Leoni mampfte. Ritas Lächeln zitterte an den Mundwinkeln. Rasch wandte sie sich ab und sah auf die Straße.

»Hab ich dich in Stress gebracht? Wann fährst du denn nach Gosau?«

Rita hielt an einer roten Ampel am Kunsthistorischen Museum. Leoni steckte den Rest ihres Kolatschens in den Mund.

»Hallo! Wann du fä-härst?«

Rita hatte sich zur Rückbank umgedreht und zog einen ihrer nagelneuen Kletterschuhe aus dem Karton. Leonis Frage hatte sie gar nicht wahrgenommen. Ihr Gesicht sah zerfurcht und müde aus.

»Rita?«

»Was?« Rita versuchte ein Lächeln. Es wirkte versteinert.

Zwar war Rita keine, die viele Worte machte. Aber fröhlich und ausgeglichen war sie eigentlich immer.

»Ich kann echt die U-Bahn zu Diane nehmen, wenn du lieber schon los willst.«

Rita starrte Leoni entgeistert an. Dermaßen zerfahren und deprimiert hatte Leoni die Freundin ihrer Tante noch nie erlebt.

Ritas Augen schimmerten nass.

»Mann, Rita, was ist denn los?«

Rita atmete durch und setzte zu einer Erklärung an. Ein Hupkonzert ertönte. Die Ampel war auf Grün gesprungen und der langhaarige Kerl hinter ihnen rang wütend die Hände. Das Getriebe des Geländewagens knirschte, als Rita den Gang einlegte.

»Diese Idioten. Ich bin froh, wenn ich raus bin aus Wien.«

Rita setzte den Blinker und bog an der Oper ab. Sie legte den Kopf in den Nacken und atmete tief durch.

»Okay, Leoni. Es ist so, dass …«

Sie stockte, fuhr dann aber nach einer kurzen Pause fort.

»Diane und ich, wir werden uns trennen. Ich hätte gern mehr Zeit mit dir verbracht, aber es geht im Moment wirklich nicht.« Ritas Stimme klang brüchig. Sie wischte Tränen aus ihren Augenwinkeln.

Leoni versuchte, die Papiertüte so leise wie möglich zusammenzufalten, und betrachtete besorgt die vielen Krümel zwischen ihren Beinen. Mist. Nicht schon wieder so eine blöde Trennungsgeschichte. Betty und Paps, Belkiz und Ahmed, Leoni und Max und jetzt auch die beiden! Das konnte ja nicht wahr sein. Leonis Atem hing schwer wie Blei in ihrer Brust.

»Ihr könnt euch nicht trennen. Ihr seid das einzige Paar, das noch zusammen ist!«

Rita schüttelte den Kopf und lachte verzweifelt.

»Wir haben die letzten Monate nichts als gestritten. Diane ist ständig im Stress wegen ihrer Arbeit. Aber für mich heißt Leben eben auch noch was anderes als malochen. Wir kommen einfach nicht weiter. Ich fahr erst mal weg. Ich muss raus hier, Abstand kriegen, verstehst du?«

Leoni nickte. Genau das hatte sie auch vorgehabt. Die New-York-Reise hatte Betty ihr wegen der Sache mit Max geschenkt. Das hatte sie zwar nicht explizit so gesagt. Aber Leoni wusste, dass es so gemeint war.

Rita hatte sich abgewandt und starrte durch das Seitenfenster auf die Straße. Erneut war der Verkehr zum Erliegen gekommen. Diesmal blockierte eine Straßenbahn die Fahrbahn.

Leoni betrachtete Rita. Sie sah aus wie ein trauriges Bündel aus Verzweiflung und Hoffnungslosigkeit. Leonis Herz krampfte sich zusammen.

»Ich hab mein Fahrrad für dich repariert. Es steht in Dianes Keller. Am Dachstein werd ich's nicht brauchen.« Rita wandte Leoni ihr müdes Gesicht zu und verzog den Mund zu einem schrägen Lächeln. Etwas um Leonis Rippen zog sich zusammen. Wie der Fall ins Brustgeschirr im vergangenen Sommer fühlte sich das an. Als sie an der Steilwand hinter der Hütte abgerutscht war. Es war ein schmerzhafter, schonungsloser Stoß, mit dem Leoni im Gurt hängen blieb. Zum Glück hatte Rita sie gesichert. Eine ganze Weile hing

Leoni unbeweglich im Seil und traute sich nicht zu atmen, weil sie dachte, alle Rippen wären gebrochen.

»Soll ich mitkommen? Ich könnte wieder kochen«, piepste Leoni. Rita antwortete nicht.

Sie fuhr langsam an und schüttelte den Kopf. Leoni fühlte, wie sich die Tränen hinter ihren Augen stauten. Sie hatte Mühe, sie zurückzudrängen. Vergangenen Sommer hatte Rita schon einmal über eine Trennung von Diane nachgedacht. In den Bergen war Leoni die einzige Begleitung gewesen, die Rita akzeptiert hatte. Leoni war deswegen richtig stolz. Leoni schluckte. Die Lage war ernst. Diesmal wollte Rita in den Bergen niemand um sich haben. Nicht mal das Saxofon nahm sie mit. Anscheinend hatte sie keine Kraft mehr zu kämpfen.

»Ihr dürft euch nicht trennen. Auf keinen Fall.«

Wie lächerlich. Leoni tat es sofort leid, dass ihr das so rausgeplatzt war. Rita presste den Mund zusammen und schnaufte.

»Leoni, es geht nicht mehr zwischen uns. Ich fürchte, ich muss es endlich kapieren. Und du auch.«

Rita hielt den Wagen in zweiter Spur vor Dianes Haus. Sie kam um den Wagen herum und hievte für Leoni die Tasche aus dem Auto. Dann drückte sie Leoni fest an sich und streichelte dabei ihren Rücken.

»Zwischen uns wird das nichts ändern, klar?«

»Klar.«

Leoni nickte.

Ihre Stimme klang tonlos. Bescheuerte Lüge. Zwischen uns wird das nichts ändern! Alles würde sich ändern. Alles! Wie bei Paps. Der hatte sich auch von einem Tag auf den anderen rausgebeamt aus ihrem Leben. Leoni wandte sich ab und stapfte auf die Tür zu.

»Leoni, warte. Du kannst meinen Schlüssel nehmen.« Rita hielt Leoni mit ausgestrecktem Arm den Wohnungsschlüssel hin.

Sie legte die Hand über die Augenbrauen und blinzelte hinüber zu den Terrassen der Penthäuser. Sie wirkten ausgestorben wie Kalkfelsen im Hochgebirge. Keine Pflanzen, keine Tiere, keine Menschen. Nur totes Gestein. Makellos sauber waren die gelben Markisen der Loggien auf dem Dachgeschoss. Außer Diane wohnten noch vier weitere Parteien hier oben. Aber keine von ihnen hatte Leoni auch nur ein einziges Mal gesehen. Überhaupt konnte sie sich nicht daran erinnern, im Haus jemals irgendwem begegnet zu sein oder jemanden gesprochen zu haben. Kein Wunder. Wer eine Schickimickiwohnung im Freiviertel besaß, arbeitete rund um die Uhr, um das Geld für die Miete zu verdienen.

Unten brandete der Verkehr durch eine dunkle Gasse. Die Wohnung lag zehn Gehminuten vom Stadtzentrum entfernt. Entsprechend laut flutete der Verkehr. Die Sonne hatte sich hinter einem dunstigen Schleier zurückgezogen, brannte aber mit unverminderter Kraft weiter. Leoni ging hinein. Erstaunlich, dass Diane sich in dieser Wohnung wohlfühlte. Möbel und Einrichtung waren vorwiegend in Weiß gehalten und stammten aus teuren Designerläden. Unglaublich! Noch vor drei Jahren hatte Diane zusammen mit Rita, Betty und Leoni in einer Wohngemeinschaft auf dem Kiez in Hamburg gelebt. Ihre Einrichtung war selbst gebaut oder vom Sperrmüll und sie mussten die Kohle für die alten Brennöfen eigenhändig aus dem Keller hochschleppen.

Leoni setzte sich in den tiefen Ledersessel neben dem Schreibtisch und malte Kringel in die Staubschicht auf der Glasplatte. Vom Saubermachen hielt Diane jedenfalls noch immer wenig. Wo normalerweise der Laptop stand, zeichnete sich ein sauberes Rechteck ab. Sonst war der Tisch vollkommen zugemüllt mit Papierstapeln, Magazinen, Handys und CD-Stapeln. Unter und um den Schreibtisch herum weitete sich Dianes mediale Unordnung über den Fußboden aus. Letzte Ausläufer reichten bis in den Flur. Da befand sich unterhalb der Garderobe ein gigantisches Zeitschriftenarchiv. Alle Ausgaben des *Chat* aus drei Jahrgängen waren in abenteuerlich schrägen Konstruktionen übereinandergestapelt. Beruhigend, fand Leoni. Dass es in der aalglatten Wohnung wenigstens einen Anflug von Chaos gab. Die Chromteile der dunkelroten Küchenfront glänzten still vor sich hin. Hightech-Ceranfeld, aber kein einziges Gewürz im Regal. Auch der Kühlschrank tat seine Arbeit umsonst. Ein kleines Paket Margarine und eine Plastikschale mit vergammeltem Salat war alles, wofür er sich abmühte. Leoni setzte sich neben ihre Tasche auf das Sofa und starrte vor sich hin. Dann zog sie ihr Handy heraus und suchte Dianes Nummer im Speicher. In dem Moment klingelte es.

»Na, Schatzi? Bist du gut gelandet? Es tut mir so leid, dass ich nicht kommen konnte.«

»Hallo. Warum hast du mir nichts gesagt?« Leoni richtete sich im Sitzen auf und schlug die Beine unter.

»Schatzi, das mit dem Mord konnte keiner ahnen. In der

Redaktion steppt der Bär. Ich mache die Serie über den Täter. Vita, Skandale, Promistimmen. Die ganze Chose rauf und runter. Und das in der Probezeit. Ist doch geil, oder?« Diane gluckste.

»Na toll. Und Rita? Interessiert dich wohl überhaupt nicht, dass sie auf dem Absprung ist.«

Leoni zippte das Seitenfach der Reisetasche auf und zu.

»Ach, Rita. Hat sie dich zugequatscht? Die kommt schon wieder runter. Hör mal, für den Job hab ich mir ein Jahr lang die Hacken abgelaufen. Das ist eine echte Chance. Ich kann jetzt nicht schlapp machen, nur weil meine Freundin spinnt.« Dianes Stimme klang genervt.

»Ich will mich ja nicht einmischen, aber ich find's total scheiße, dass ihr euch trennt. Es gibt keine, die besser zu dir passt.«

Diane lachte gedämpft.

»Ach, und das weißt ausgerechnet du so genau?«

Leoni schwieg. Zwischen der Medikamentenbox und der leeren Colaflasche steckte ein Zettel im Seitenfach. Sie fummelte ihn heraus. »Janek« stand drauf. Die Buchstaben wirkten spitz und krakelig. Eine Nummer stand unter dem Namen.

»Leoni? Wir treffen uns heute Abend beim Syrer und reden über alles. Okay?«

Leoni hob den Zettel gegen das Licht und wendete ihn hin und her, als könne sie so etwaige zusätzliche Geheimbotschaften darauf entdecken.

»Okay ...«

»Um acht.«

»Vierunddreißig Grad im Schatten. Geht aus der Sonne und bleibt cool, Leute.« Das war der Rat der Wetterfee von Ö24. Penelope hieß das Azorenhoch, das sich von Spanien über ganz Europa ausbreitete und Leonis Kreislauf gewaltig ins Trudeln brachte. Kraftlos lehnte sie im kühlen Eingang eines Bankgebäudes und warf den abgenagten Holzstiel von ihrem Eis aufs Trottoir. Ein Gutes hatte die Hitze wenigstens. Die Straßen der Innenstadt waren bis auf ein paar Touristen so gut wie leer. Alles, was unterwegs war, wich der prallen Sonne aus und kreuchte den schmalen Schattenstreifen an den Hauswänden entlang. Irgendwie putzig.

Leoni hüpfte auf den Bürgersteig. Nach ein paar Schritten blieb sie stehen. Alles um sie herum drehte sich. Leonis Hand suchte Halt an der Marmorfassade. Verdammt, war die heiß. Leoni rieb ihre Handfläche und rang nach Atem. An den Seitenrändern ihres Gesichtsfelds flirrten leuchtende Punkte. Schöner Mist. Sie überquerte rasch das heiße Kopfsteinpflaster und rettete sich in den Schatten der Pestsäule. Eine Stille lag über der Stadt, als befände man sich unter einer Käseglocke. Leoni kramte das Fläschchen aus dem Rucksack und kippte drei Rescue-Tropfen auf ihre Zunge. Sofort fühlte sie sich besser. Prüfend hielt sie das Fläschchen gegen das Licht. Lange würden die Tropfen nicht mehr reichen. Sie musste unbedingt neue kaufen. Jedenfalls hatte sie nicht vor, sich von dieser gewaltigen Hitze gefangen nehmen zu lassen. Leoni zog Ritas Kamera heraus und steuerte damit auf die gegenüberliegende Konditorei zu. Im Schatten der kleinen Markise drängte sich eine Gruppe Japaner zusammen und machte bestürzte Gesichter. Die große Zuckernachbildung des Hundertwasserhauses lag als zerschmolzener Haufen im Schaufenster. Leoni drückte den Auslöser. Klick. Zwei schrille Britinnen auf der dicken Eisenkette vor dem Kitschladen im Michealertor, die ihre Gesichter mit Erfrischungstüchern bearbeiteten. Klick. Ein Typ mit nacktem Oberkörper in Kniehose und weißen Strümpfen schlafend auf der Parkbank. Gehrock, Perücke und Rüschenhemd seiner Mozart-Verkleidung auf dem Boden verstreut. Wahrscheinlich hatte er die mit letzter Kraft von sich gerissen, bevor ihn die Hitze auf die Bank gestreckt hat. Klick. Weitere Mozart-Klons, die vor dem Stefansdom Konzertkarten an Touristen verscherbeln. Klick. Klick.

Drachenungeheuer aus Stein am Nordturm. Klick. Klick. Klick.

Leoni legte einen neuen Film in Ritas alte Leica. Wenn sie schon auf ihre Gesellschaft verzichten musste, dann wenigstens nicht auf ihre Kamera. Die war Ritas Abschiedsgeschenk an Leoni gewesen, als sie vor drei Jahren zusammen mit Diane nach Wien umzog. Leoni klappte den Gehäusedeckel zu und drehte an der kleinen Kurbel. Angenehm kühl und dunkel war es hier drin im Dom. Kalt beinahe. Schade, die Katakomben waren wegen des großen Andrangs und der Hitze geschlossen.

Leoni streckte auf der Bank vor dem Marienaltar ihre Beine aus. An den Armen hatte sie Gänsehaut. Beim Kramen nach dem Sweater stieß sie auf den Zettel. Wie einen großen Angelhaken hatte Janek das J gemalt. Merkwürdige Schrift, irgendwie. Ob sie Janek anrufen sollte? Magische Orte, hatte er gesagt. Eigentlich war das verlockend. Auch diese magisch grünen Augen. Die Prunkfassaden Wiens waren ja ganz nett, aber die hatte Leoni schon so oft gesehen.

Leoni gab Janeks Nummer ein und wartete auf eine Verbindung. Der hochgewachsene Backenbart am Gittertor zischte wütend. Das ging wirklich zu weit. Erst in Shorts und T-Shirt in die Kirche und dann noch telefonieren. Leoni drückte auf ›Beenden‹ und stand mit steifen Beinen auf. Draußen versuchte sie es noch einmal. Eine Frauenstimme erklärte, dass der Anschluss im Moment nicht erreichbar war. Mist. Warum war sie bloß in dieser langweiligen Stadt gelandet? Alte Leute und Kunstfreaks mochten die staubige Gesteinswüste toll finden, aber Menschen außerhalb des Pensionsalters hatte sie nichts zu bieten. Leoni fotografierte die schräg verzerrte Spiegelung des Doms in der gegenüberliegenden Glasfassade. Erst halb drei. Wenn sie sich weiterhin im Schneckentempo bewegte und einen Umweg über den vierten Bezirk machte, würde sie Zeit schinden. Kurz vor sechs bei Diane zu sein, wäre perfekt. Dann konnte sie vor dem Abendessen noch duschen und Betty anrufen. Blöd, dass Rita weg war. Ohne sie war es zum Kotzen langweilig.

Wann genau es anfing, war schwer zu sagen. Sie hatte sich einen Kieselstein ins Profil ihrer Stiefel eingetreten. Jeder Schritt knirschte. Beim Versuch, ihn mit dem Schlüssel aus der Sohle zu pulen, hörte Leoni Schritte. Später, als sie in eine schmale Gasse unweit Dianes Wohnung abbog, hörte sie die Schritte hinter sich erneut. Leoni blieb stehen, um zwei Heiligenstatuen an einem Hauseingang zu fotografieren. Jetzt waren auch die Schritte verstummt. Als sie sich umdrehte, war niemand zu sehen. Leer und ausgestorben lag die Straße hinter ihr. Bloß ein alter Mann, der sich mit nacktem Oberkörper aus einem Parterrefenster lehnte und Leoni aufmerksam betrachtete. Vielleicht hatte es an der Hitze gelegen. Leoni ging weiter. Jetzt hörte sie die Schritte deutlich. Und sie hatten eindeutig einen anderen Rhythmus als ihre eigenen. Leoni beschleunigte ihr Tempo und hastete in Richtung Hauptstraße. Die Schritte beschleunigten ebenfalls. Fetzen einer Zeitung und vertrocknete Blätter einer Kastanie wirbelten vor ihr her. Leoni hatte gar nicht bemerkt, dass der Himmel sich dunkel verfärbt hatte. Es donnerte leise und der Wind schlug ein Fenster zu. Zusammen mit einer erbärmlich mageren Katze suchte Leoni Schutz in einem Hauseingang. Platschend, mit dicken Tropfen setzte von einer Sekunde auf die andere Regen ein. Die Katze huschte durch den Hausflur auf die Tür zum Hinterhof zu und schlüpfte nach draußen. Der Regen prasselte. Von den Schritten war nichts mehr zu hören. Neugierig folgte Leoni der Katze. Verdammt schwer, die Tür zum Hinterhof. Leoni drückte sie weiter auf und staunte. Ein verwilderter Garten mit blau und weiß blühenden Blumen und einer riesigen Kastanie in der Mitte. Der schmiedeeiserne Balkon im ersten Stock war mit üppig herabhängenden Geranien bepflanzt. Leoni hob die Kamera vors Auge und justierte den Entfernungsmesser. Die fallenden Tropfen verursachten ein geheimnisvolles Wippen und Zittern in den Blättern. Leoni drückte den Auslöser. Dabei nahm sie einen grauen Schatten am rechten Bildrand wahr. War da jemand? Leoni nahm den Sucher vom Auge und kniff die Augenlider zusammen. Nichts. Bescheuert. Warum war sie so panisch? Das war doch sonst nicht ihre Art. Vorsichtig ging Leoni mitten hinein in den kleinen Flecken aus kniehohem Gras, Schafgarben und Königskerzen und reckte den Kopf in Richtung Balkon. Hinter dem überwucherten Geländer bewegte sich etwas. Ein Schatten oder was war das? Die nikotingelbe Gardine neben der Tür hing reglos. Leoni wandte sich um. Mit einem Mal war ihr, als gäbe es Augenpaare hinter allen Fenstern des Innenhofs. Rasch trat Leoni unter den Torbogen. Die Katze war verschwunden und oben auf dem Balkon fiel klirrend etwas zu Boden.

Leoni rannte durch den nachlassenden Regen zur Hauptstraße zurück. Ihre Stiefel platschten durch die Pfützen. Von ihrem Verfolger war nichts zu hören. Vielleicht war es doch eine Sinnestäuschung gewesen. Trotzdem hämmerte ihr Herz aufgeregt. In der langen Gasse gab es keine einzige Rettungsinsel, zu der sie fliehen konnte. Anders als zu Hause auf dem Kiez. Da hatte sie ihre sicheren Meridiane.

Leoni war keine sieben, als ihre Mutter Samstag für Samstag mit ihr loszog und in minutiöser Kleinarbeit eine Kette von Lokalen und Geschäften auf Leonis wichtigsten Routen auswählte. »Wenn du in Gefahr bist oder wenn dir was komisch vorkommt, rennst du einfach hier hinein und bittest um Hilfe«, hatte Betty ihr eingebläut. Für andere mochte der Kiez ein Chaos aus Drogen, Mord und Verbrechen sein. Leoni navigierte stets sicher in einem Netz aus Peepshows, Tatoostudios und Kneipen. Hinter jeder Tür kannte Leoni Menschen und Gesichter, die ihr helfen würden, wenn sie in Not war. Bettys Erziehungskonzept zur Angstlosigkeit hatte gefruchtet. Nie hatte sie sich auch nur eine Sekunde unsicher oder bedroht gefühlt. Und jetzt? Flach atmend erreichte Leoni die belebte Hauptstraße. Wie blöde, sich so reinzusteigern. Konnte am Blutdruck liegen. Im Gehen kramte Leoni ihr Sweatshirt und die Rescue-Tropfen aus dem Rucksack. Ihr T-Shirt troff vor Nässe und sie begann zu frieren. Leoni klemmte den Rucksack zwischen die Knie und kämpfte sich in die Ärmel des Sweaters. Als sie mit dem Kopf durch die Öffnung fuhr, blieb ihr Blick an der Titelzeile einer Tageszeitung hängen. *Mädchenmord: Malevic unter Tatverdacht.* Die aufgefaltete Zeitung befand sich hinter der Fensterscheibe eines Kaffeehauses. Interessiert trat Leoni näher. *Wiener Starautor gesteht Mord.* Der Zeitungsleser faltete die Zeitung und wandte Leoni den Sportteil zu. Rapid hatte drei zu null gegen Schalke verloren. Leoni spähte ins Lokalinnere. Neben der Theke hingen alle möglichen Zeitungen und Magazine auf dem Zeitungsständer. Sie überlegte. Einen zweiten Kaffee und ein belegtes Brötchen konnte sie gut gebrauchen, nachdem das Frühstücksangebot bei Diane auf Knäckebrot beschränkt gewesen war.

Leoni griff zwei großformatige Zeitungen vom Ständer und entschied sich für den runden Tisch gegenüber der Theke. Sie bestellte und begann zu lesen. Ein Zettel mit einem Gedicht war in der Hand der Leiche gefunden worden. Nicht irgendein Gedicht. Es stammte von *dem* Enfant terrible der österreichischen Literaturszene, Arthur Malevic. Leoni hatte noch nie etwas von ihm gehört, aber in Österreich schien ihn jeder zu kennen.

»Wünschen die gnädige Frau sonst noch etwas?« Leonis Blick irrte verwirrt über eine üppig mit Mayonnaisesalat,

Schinken und Gürkchen garnierte Brotscheibe, deren Seiten mit halben Kaviareiern flankiert waren.

»Was ist das?«, stammelte sie.

»Das Appetitbrot. Haben Sie doch bestellt, oder?«

»Hab ich?«

Der Kellner drehte verärgert ab. Leoni hatte sich eindeutig als Banausin in Sachen Kaffeehauskultur erwiesen.

# kapitel drei

*Ich hab sie heute laufen sehen, durch den dampfenden Regen. Es troff aus ihren Locken, und ihre Haut glitzerte, als hätte jemand Perlen darangenäht. Ich zitterte. Meine Hände wollten es sofort wieder tun. Es ist wie Medizin für meinen Körper. Aber ich muss vernünftig bleiben. Auch wenn mir fast der Schädel platzt. Meine Hände brauchen Zeit, sich auszuruhen. Ich werde sie beschäftigen in der Zwischenzeit. Wer weiß, vielleicht schreibe ich noch ein Gedicht. Oh, kostbarer Samen des Todes! Warte, meine Häsin, ich komme …*

Welke Salatblätter und angegammeltes Gemüse säumten die Straße zwischen den gemauerten Marktständen. Vereinzelt waren Ladenbesitzer mit Aufräumen und Fegen beschäftigt. Zwei Straßenarbeiter in orangen Latzhosen legten neben dem Fußgängerübergang Sperrholzplatten über eine Baugrube. Der Abend brach mit zartem Violett über den Naschmarkt herein. Nach dem Regen hatte es rasch aufgeklart. Die Hitze hockte wieder in allen Ecken und roch beißend nach vergorenem Müll. Leoni lehnte an einem der hohen Imbisstische vor dem Feinkostladen und sah zu, wie der kleine Pappteller hin und her rutschte. Diane rührte mit ihrem Würstchen in der Senfpfütze. »Malevic hat im Auto seinen Rausch ausgeschlafen. Es stand gleich um die Ecke vom Park, in dem der Mord passiert ist. Die Bullen haben ihn zufällig dort aufgelesen.«

Diane schob das Würstchen mit hektischen kleinen Bissen in den Mund und spülte mit Bier nach.

»Malevic hat getobt wie ein Verrückter. Er hat einem Polizisten bei der Festnahme den Finger gebrochen.« Diane kicherte. »Der Typ ist echt unglaublich. Beim Verhör hat er den Mord dann gestanden, als wäre es die selbstverständlichste Sache der Welt. So ein Schlitzohr.«

»Wieso Schlitzohr?«, fragte Leoni. »Ist doch eher blöd, sich nach einem Mord ins Auto zu setzen und am Tatort einzupennen.«

Leoni nahm vorsichtig einen Schluck von ihrer Cola. Ihr Magen war seit dem Nachmittag versperrt vom Appetitbrot und gluckste unaufhörlich vor sich hin. Da Dianes Lieblingslokal geschlossen war und Leoni nicht im Entferntesten an Essen denken wollte, hatten sie sich für den Imbiss entschieden.

»Wenn Malevic behauptet, er hätte das Mädchen umgebracht, dann ist das nichts weiter als ein Werbegag.« Diane zerbröselte den Rest ihrer Semmel über dem Pappteller. »Ich trau dem zu, dass der sogar jemanden anheuert, der es für ihn getan hat.«

Leoni schüttelte den Rest ihrer Rescue-Tropfen in die Cola. »Das ist doch krank. Warum sollte einer wegen Publicity einen Mord gestehen?«

Diane zog eine Packung Zigaretten aus der Brusttasche ihres gestreiften Hemds. »Malevic war mal *der* große Autor. Der Wiener Bukowski. Ständig in Sexgeschichten mit Minderjährigen verwickelt, Drogen, Skandale, Körperverletzungen am laufenden Band. Allein deshalb haben die meisten seine Bücher gekauft. Aber vor ein paar Jahren wurde es still um ihn. Keine Verhaftungen mehr, keine Eklats, sondern nur noch Bücher. Sein letzter Roman *Unschuldsbiest* ist saugut, wenn du mich fragst. Aber lesen wollte den keiner. Der war ein totaler Flop.«

Leoni zündete ein Streichholz an und hielt es Diane hin. »Aber man nimmt doch keinen Mord auf sich, bloß weil man Publicity braucht.«

Diane sog die Flamme in die Zigarettenspitze und inhalierte.

»Malevic? Ich weiß nicht.« Diane grinste bei dem Gedanken. »Für die Polizei und für die Öffentlichkeit ist Malevic zurzeit schuldig. Aber bewiesen ist das nicht. Deshalb kannst du sein Geständnis erst mal in der Pfeife rauchen.«

»Seit wann rauchst du eigentlich wieder?«

Diane verzog das Gesicht.

»Genau genommen, seit ich bei *Chat* angefangen habe. Die Einarbeitung und dann gleich dieser Mordfall. Das ist der Megastress in dem Laden. Aber das Team ist klasse, und ich kann endlich machen, was ich immer wollte.«

Leoni ließ das leere Fläschchen mit den Tropfen über den Tisch rollen. »Und Rita?«

»Was soll sein? Die fährt auf ihre Hütte und fertig.« Diane klang bemüht aufgeräumt. »Das macht sie schließlich jedes Jahr.« Aufgebracht stippte Diane die Asche von der Zigarette. Die Glut brach ab und hing an einem Tabakfädchen runter.

»Schon. Aber dieses Jahr spricht sie von Trennung.« Leoni sah ihre Tante herausfordernd an. Peppig an ihr war nur der gestylte Kurzhaarschnitt. Das Gesicht darunter wirkte müde und freudlos.

»Du weißt, was mir das Schreiben bedeutet. *Chat* ist *das* Wochenmagazin in Österreich. Es da rein zu schaffen war kein Wellnessspaziergang.«

Leoni zog die Schultern hoch und schnaufte missbilligend.

»Das mit Rita kommt schon in Ordnung. Wir reden und dann ist wieder alles klar. Erst mal schaff ich die Probezeit, dann regle ich die Sache mit Rita. Komm.«

Leoni folgte Diane zu ihrem Mountainbike. Trotz üppigen Gehalts und Zigarettenkonsums fuhr Diane mit dem Rad zur Redaktion. Aus Klimaschutzgründen. Wenigstens das hatte sie beibehalten.

Das zerrupfte Taschenbuch von Malevic, das Diane auf das Tischchen neben dem Bett gelegt hatte, trug den Titel *Jause*. Es handelte von einem Fakir, der sich während einer Zugfahrt aus Langeweile seine eigenen Augäpfel aus den Höhlen quetscht und verschluckt, um das Innere seines Körpers zu erkunden. Die Berichte über die Abenteuer seiner an den Sehnerven hängenden Sinnesorgane im Verdauungstrakt lösten einen unheilvollen Kampf gegen das Appetitbrot in Leonis Magen aus. Leoni war speiübel. Stocksteif lag sie da und glotzte an die Decke. Schließlich raffte sie sich auf und wankte in die Küche. Das eiskalte Wasser an den Handgelenken und Ellenbeugen brachte sie ins Gleichgewicht. Leoni ließ sich ein großes Trinkglas volllaufen. Auf die Spüle gestützt, trank sie in großen Schlucken. Zittrig und weich fühlten ihre Knie sich an. Wie konnte man nur dermaßen kranke Ideen haben und darüber ganze Bücher schreiben? Leoni setzte das Glas ab und atmete durch. Bevor sie das Licht ausschaltete, sah sie in der Ecke neben dem Abfalleimer die Weinflasche stehen, die Diane nach ihrer Rückkehr vom Würstelstand entkorkt hatte. Sie war leer. Bis auf den letzten Tropfen.

Leoni erwachte von einem kratzenden Geräusch an der Wohnungstür. Metall gegen Holz. Sie fuhr vom Bett hoch. Die Tur zur Loggia stand auf Kipp. Der Vorhang mit den Tulpen, der das Zimmer in angenehmes Halbdunkel tauchte, bewegte sich sachte. Da war das Geräusch wieder. Leoni schlug die Decke zurück und setzte sich auf. Laken und Decke waren nasskalt vor Schweiß. Die halbe Nacht hatte Leoni von einem grünen Auge geträumt, das Janek, der Typ aus dem Zug, aus seinem Mund zauberte und sich auf den Kopf legte. Wegen des Verkehrslärms konnte sie nicht wieder einschlafen, und als sie das Fenster schloss, wäre sie vor Hitze beinahe erstickt. Wieder so eine Höllennacht. Bleiern vor Müdigkeit stolperte Leoni durch den Flur. Draußen kratzte jemand an der Tür. Leoni presste ihr Auge gegen den Türspion. Nichts. Doch aus dem Kratzen wurde jetzt heftiges Stoßen und Schlagen. Verrückt. Die Tür hatte nicht mal ein einfaches Sicherheitsschloss. Auf St. Pauli war Einbruchschutz überlebensnotwendiger Standard. Leoni schob die Türkette in die Verankerung. Dianes Schlüssel steckte nicht mehr im Schloss. Sie war also schon unterwegs. Sollte Leoni trotzdem nachsehen und öffnen? Die Kette war der reinste Hohn. Wenn man kräftig genug gegen die Tür trat, würde sie einfach zerreißen. Das Kratzen und Schlagen wurde heftiger. Ein Dröhnen kam dazu. Entschlossen zog Leoni die Tür auf. Unwillkürlich musste sie grinsen. Eine Frau mit schwarzem Kopftuch und gemusterter Kleiderschürze kämpfte draußen mit einem Staubsauger. Sie lächelte verlegen und nickte Leoni zu.

Missmutig spähte Leoni zwischen den Gardinen auf die Loggia. Draußen stand die gleiche gleißende Wand aus Hitze und Licht wie gestern. Kein Wind regte sich. Vielleicht war es besser, drinzubleiben und sich zu verkriechen? Shit. Es war ein Fehler gewesen, hierherzufahren. Aber es gab keine Alternative. Belkiz war mit ihrer Familie nach Ankara geflogen und Grit mit ihrer Mutter nach Mallorca. »Sechs Wochen allein in Hamburg, da kriegst du doch 'n Föhn«, hatte Betty gesagt. Dass Wien viel schlimmer sein würde, konnte niemand ahnen. Aber okay. Jammern half nicht. Sie durfte sich nicht von der Hitze lähmen lassen und musste das Beste aus der Situation machen. Genau wie Betty. Sechs harte Wochen Reha lagen vor ihr, und das Erste, was sie tat, war, ihren schnuckeligen Physiotherapeuten anzugraben. Leoni suchte im Speicher nach Janeks Nummer. Mist. Sie war weg! Leoni stand auf und kramte im Deckelfach des Rucksacks. Wo war der Zettel? Sie hatte ihn gestern hundertpro hier hereingetan. Leoni durchforschte die Taschen ihrer Shorts. Nichts, außer dem leeren Fläschchen Rescue-Tropfen und Ritas Fahrradschlüssel. Leoni kramte zwischen den Schuhen und Zeitschriften an der Garderobe und inspizierte den Müll. Aber der Zettel mit Janeks Nummer blieb verschwunden. Sicher hatte sie ihn gestern im Regen verloren oder als sie das Sweatshirt rausgeholt hatte. Egal. Schließlich gab es in Wien zwei Millionen Einwohner. Da war garantiert was dabei, um sich die Zeit zu vertreiben.

Zehn Minuten später zischte Leoni auf Ritas Mountainbike über den roten Radweg auf dem Ring in Richtung Donaukanal. Zwar war es lange nach zehn, aber immer noch staute sich der Berufsverkehr. Knäuel von hupenden Autos hingen an den Ampeln fest und über dem Asphalt flirrte die heiße Luft. Leoni umschiffte die Staus mit ihren ekelhaften Abgaswolken. Hinter der Brücke über den Donaukanal entspannte sich der Verkehr. Leoni genoss den Fahrtwind, der an ihren nackten Beinen und Armen entlangschmeichelte. Die Neue Donau geriet in Sichtweite: eine schnurgerade, glitzernde Bahn in Türkisblau. Mit Betonpisten entlang beider Uferseiten wirkte das künstlich angelegte Areal unwirklich bis futuristisch. Leoni steckte die Sonnenbrille in den Haaransatz. Zu beiden Seiten des Wegs tauchten hohe Pappeln und im Gras darunter die Decken mit Badegästen auf. Leoni verlangsamte ihr Tempo und spähte nach einem freien Platz im Halbschatten. Da kam der Anruf.

»Hi, hier ist Janek. Du hast angerufen.«

Leoni kam ins Schlingern und bremste.

»Hej, *wer* ist da?«

»Janek. Deine Nummer war auf meinem Display.«

Leonis grinste. »Ach ja?« Sie hielt sich am Rücken einer Parkbank fest und blinzelte gegen das glitzernde Nass.

»Find ich cool ... ich meine deinen Anruf. Was machst

du? Hast du Lust auf Schwimmen?« Janeks Stimme klang sanft und vertraut.

»Ich bin schon so gut wie im Wasser.«

»Und wo?«

»Donauinsel.«

»Echt? Wollen wir uns treffen?«

Leoni strich über ihre Oberschenkel. Wenn sie sich nicht in Acht nahm, würde sie sich einen saftigen Sonnenbrand einfangen. Ihre Haut war jetzt schon rot und spannte.

»Ich bin an einer Art orangen Pyramide. Sieht aus wie eine Hüpfburg für Kids.«

»Gut. Fahr einfach geradeaus. Nach fünf Kilometern kommen ein Wasserskilift und eine Brücke. Da wart ich auf dich.«

»Okay ...«

Weg. Aufgelegt. Merkwürdig. Das ging nun doch ein bisschen schnell. Aber schließlich war sie hier nicht auf Meditations-Retreat, sondern in Sommerferien.

Auf der Querstange eines schwarzen Fahrrads sitzend, lehnte er mit rausgedrückter Brust am Brückengeländer. Als er Leoni erkannte, streckte er sich und winkte. Geschmeidig schwang er sich auf den Sattel und rollte die gewundene Fahrradrampe zu Leoni herunter. Schlanke Beine, helle Shorts und grellbuntes Hawaiihemd. Janeks Haar schimmerte wie Honig und dunkelte im Ansatz. Vielleicht doch gefärbt, überlegte Leoni. Egal. Auch wenn er schräg war, Leoni fand ihn spannend.

»Wohnst du unter der Brücke oder wie hast du's so schnell hierher geschafft?«

»Geheimnis.« Er grinste weich. »Lass uns hier runterfahren.« Janek trat in die Pedale und sauste in Richtung Imbissbuden davon.

Die großen Steinquader am Ufer waren heiß wie glühende Kohle. Leonis Hände und Fußsohlen brannten. Mit zusammengebissenen Zähnen kletterte sie über einen scharfkantigen Granitblock und streckte ein Bein aus. Ihre Fußsohle tippte vorsichtig aufs Wasser. Eiskalt.
»Komm rein. Es ist herrlich, wenn du mal drin bist.« Janek paddelte rückwärts, wälzte sich wie ein Delfin herum und tauchte unter. Gleich darauf kam er hoch und zog kraulend davon. Leoni tastete sich über die kantigen Steinblöcke ins Wasser. Janek hatte sie vor fiesen Muscheln gewarnt, an denen man sich die Fußsohlen aufschneiden konnte. Am besten war es, einfach reinzuspringen. Aber wie? Das Wasser war kalt bis an die Schmerzgrenze. Tapfer richtete sich Leoni auf und ruderte mit den Armen. Sie setzte zum Sprung an. Dreimal tief atmen und rein. Platsch. Wie Nadelstiche fühlte sich das Wasser auf ihrer Haut an. Leoni glitt mit aufgerissenen Augen an den Steinen die Uferwand abwärts. Flirrend und trüb war es hier unten und die kalten Strömungen durchdrangen Leoni bis auf die Knochen. Großblättrige Wasserpflanzen kamen näher. Abtauchen in andere Welten. Sie hätte nicht gedacht, dass das Wasser so tief war. Mit kräftigen Zügen durchschwamm Leoni weitere kalten Strömungen, sie fühlte Schlingpflanzen an Unterarmen und Bauch. Dann tauchte sie nach Luft schnappend auf. Janek schwamm direkt neben ihr und grinste. »Ich dachte schon, ich muss dich suchen.« Wasser-

tropfen glitzerten in seinen Wimpern. Diese sanften Lippen. Ihn einfach packen und mit sich unter Wasser ziehen.

Als hätte er ihre Gedanken erraten, paddelte Janek von ihr weg. »Schaffst du's bis rüber?«

»Klar. Wer als Erstes am Ufer ist?«

Janek legte los. Aber er hatte es nicht besonders eilig, sondern schwamm mit ausladenden, extra graziösen Bewegungen. Wollte er, dass sie seinen Schwimmstil bewunderte, oder ließ er ihr Vorsprung? Selber schuld. Leoni zog durch und glitt an Janek vorbei. Lange vor ihm erreichte sie das andere Ufer. An einem ins Wasser ragenden Ast zog sie sich nach oben und tastete die Steine unter sich sorgfältig nach Muscheln ab. Aber hier war genauso wenig von den angeblich so gefährlichen Dingern zu sehen wie drüben.

Prustend kam Janek angeschwommen. »Fein machst du das. Immer schön aufpassen.« Amüsiert sah er zu, wie Leoni versuchte, auf den glitschigen Ufersteinen das Gleichgewicht zu finden. Wollte er sich interessant machen oder Leoni Angst einjagen? Das mit den Muscheln war doch blödes Geschwätz.

»Du verarschst mich doch oder was ist los?«

Janek schnappte nach Luft und tauchte ohne Antwort ab. Stranger Typ. Leonis Blick irrte über die Wasseroberfläche. Innerlich begann sie zu zählen. Mehr als zwanzig Sekunden war er jetzt da unten. Dann fühlte sie seinen Griff an ihrem Knöchel. Was machte der Idiot? Leoni griff nach dem Baumast und zog ihr Bein weg. Augenblicklich löste sich Janeks Griff. Für einen kurzen Moment nahm sie den Schimmer seiner blonden Haare vor ihr wahr. Dann verschwand er im Wasser. Blödsinnige Jungsspiele. Immer versuchten sie zu beeindrucken oder einem Angst zu einzujagen. Geräuschlos und langsam tauchte er wenige Meter von Leoni entfernt auf. Zu ihrer Überraschung war er weder blau angelaufen, noch hatte er einen weißen Ring um den Mund. Im Gegenteil. Er legte sich entspannt auf den Rücken und atmete ruhig mit geschlossenen Augen. Leoni hatte keine Lust, Applaus zu spenden. Sie glitt ins Wasser und schwamm zügig zurück.

Etwas war irritierend an ihm und machte ihr Angst. Vielleicht lag es daran, dass Janeks Art ihr fremd war, dass sie ihn erst kennenlernen musste. Bei Max war das anders gewesen. Da gab es nicht viel kennenzulernen. Max war sportlich und konnte gut klettern. Das war's. Janek hingegen löste einen angenehmen und zugleich unheimlichen Kitzel in ihrem Magen aus. Leoni fühlte, wie sich der Zeiger ihres Autopiloten im kritischen Bereich einpendelte. War das eine Gefahrenmeldung? Quatsch.

Mit vor Schmerz aufgerissenem Mund hüpfte Leoni über die glutheiße Asphaltpiste zum Grünstreifen. Sie stellte sich auf ihr im Schatten ausgebreitetes Handtuch und beobachtete wie von einer sicheren Insel aus, wie Janek in formvollendetem Delfinstil das Wasser durchpflügte. Ganz allein und für sich schwamm er da draußen wie in den Kulissen einer Filmwelt. Leoni schälte sich rasch aus ihrem Badeanzug und streifte ihre Shorts über. Als sie Arme und Oberkörper trocken rieb, hüpfte Janek ebenfalls über den heißen Teerstreifen. Seine knielangen Badeshorts klebten an seinen Oberschenkeln. Winzige Wassertropfen glitzerten auf seinen gebräunten Schultern. Janek wand sich ein langes

Baumwolltuch um die Hüften und begann, sich unbeholfen darunter auszuziehen. Leoni kramte grinsend in ihrem Rucksack nach Sonnencreme. Aus dem Augenwinkel heraus schielte sie aber weiter nach Janek, der, umständlich auf einem Bein hüpfend, versuchte, seine nassen Badeshorts vom Körper zu zerren. Sein Tanz hatte etwas von einem Derwisch. Er wirbelte um die eigene Achse und hielt plötzlich inne.

»Aua. Scheiße.« Janek erstarrte. Mit schmerzverzogenem Gesicht ließ er sich ins Gras plumpsen und untersuchte seine Fußsohle. Er bog die Zehen zum Rist und stöhnte.

»Hast du dir was eingetreten? Eine fiese, miese Muschel vielleicht?« Leoni konnte sich ein kleines Grinsen nicht verkneifen. Sie kam herüber und beugte sich über Janeks Fußsohle. Schmale, zierliche Füße. Sogar an seinen Ballen wirkte seine Haut samtig und weich. Eine kleine Schnittwunde klaffte unterhalb des kleinen Zehs. Leoni strich vorsichtig an Janeks Fußkante entlang.

»Kann ein Kronkorken gewesen sein oder eine Scherbe.«

War es das Tuch um seine Hüften oder ging der Duft von seinen Haaren aus? Janek roch nach Geheimnissen, nach Moschus oder Patschuli.

Leoni fühlte, wie er sie an seinem Arm, den sie immer noch umklammert hielt, zu sich heranzog. Moosgrün schimmernde Augen. Leoni fühlte ein angenehmes Ziehen unterhalb ihres Bauchnabels. Abrupt ließ sie Janeks Handgelenk los.

»Besser, du lässt den Schnitt untersuchen«, sagte sie schnell. »Gibt's hier eine Sanitätsstation?«

Janek stützte die Handflächen hinter seinem Rücken auf und lächelte verschmitzt. »Sanitäter. Die können mir sowieso nicht helfen.« Sein Grinsen kitzelte in Leonis Magengrube.

Wenig später bretterten sie die Betonpiste entlang auf eine rote Brückenkonstruktion zu. Entgegen Janeks Beteuerung, dass es zum Ölhafen nur ein Katzensprung war, saßen sie schon über eine Stunde im Fahrradsattel. Entlang an mit Unkraut überwucherten Bahngleisen ging es geradeaus durch eine verwunschene Auenlandschaft mit einer Unzahl ausgetrockneter Flussarme und weitläufigen Urwäldern. Wegen der Hitze wirkte alles vollkommen tot und unbelebt. Weder Vögel, Menschen oder sonstige Tiere waren zu hören oder zu sehen. Ab und an kündigten Staubfahnen und entferntes Brummen an, dass sich ein Lastwagen näherte. Mit gut hundertsechzig Stundenkilometern bretterten die chromblitzenden Brummis dahin. Leoni hatte sich zwar eingecremt, aber da, wo ihre Haut zwischen Hosenbund und T-Shirt der sengenden Sonne ausgesetzt war, brannte ihr Rücken. Staub und die Benzinluft verursachten ihr Kopfschmerzen. Blöd, dass ihre Tropfen alle waren. »Gleich haben wir es geschafft.« Janek drehte sich auf seinem Rad zu ihr um. Er lächelte, sah aber auch nicht mehr so fit aus. Die Hitze schien ihn ebenfalls müde zu machen.

Leoni trat in die Pedale. Das Bahngleis neben der Fahrbahn verzweigte sich und vor ihnen tauchten mehrere bunkerartige Kathedralen auf. Als sie näher kamen, erkannte Leoni, dass es sich um alte Silos handelte. Kräne streckten wie monsterhafte Insekten ihre Fühler in den weiß-grauen

Himmel. Überall verliefen Metallgitter und Außentreppen an den Gebäudewänden ins rätselhafte Nirgendwo. Leoni hielt an und zog die Leica aus der Tasche. Sie knipste ein paar Bilder von einem Lkw mit geöffneter Containertür an der Laderampe. Als sie die Kamera absetzte, bemerkte sie, dass auch Janek einen Fotoapparat in der Hand hielt. Er fotografierte einen Haufen verrotteter Säcke unter einem »Betreten verboten«-Schild. Dann schwenkte er mit dem Sucher auf Leoni und drückte ab.

»Fotografierst du viel?«, wollte Leoni wissen.

»So gut wie gar nicht mehr. Das liegt an dem Scheißstudium. Medizin …«

»Medizin? Ist doch cool. Oder macht's dir keinen Spaß?«

Janek stieg wieder aufs Rad und erhöhte wortlos sein Tempo. Sie holperten über Grasbüschel und Erdlöcher auf eine fensterlose Kapelle zu, die von einer dunklen Mauer umgeben war. Unterhalb des tristen Gebäudes lag ein offenes Tor und gab den Blick auf einen Wald aus schwarzen Kreuzen frei. War es das, ein Friedhof, wohin Janek sie führen wollte? Beklommen stieg Leoni vom Rad. Wer sollte in dieser unwirtlichen Brache begraben liegen?

»Na, zufrieden?«

Janek strahlte und holte seine Kamera aus der Umhängetasche. Ein digitales Profigerät, soweit Leoni erkennen konnte.

»Das ist mein absolutes Top-Highlight. Der Friedhof der Namenlosen. Was sagst du jetzt?«

»Na ja.« Leoni folgte Janek über die Treppe nach unten. Der Ort war verwunschen. Beinahe gruselig. An der niedrigen Pforte blieb Leoni stehen und zögerte. Da hingen doch tatsächlich Stofftiere und Kinderspielzeug an den schmiedeeisernen Kreuzen.

»He, alles okay. Zutritt erwünscht und gestattet.« Janek drehte sich um und ergriff Leonis Handgelenk. »Alles Leichen aus der Donau. Große und Kleine. Verschrumpelt, vermodert, aber alle fast gar nicht schlecht riechend.«

Janek fuhr vage mit der Hand durch die Luft. »Irgendwo dahinten ist ein Strudel. Da spuckt die Donau ihre Opfer aus. Manche schleppt der Fluss Tage und Wochen mit sich rum. Sie kommen alle hier an Land. Schon seit Ewigkeiten. Irgendwann kam ein Schlaumeier auf die Idee, dass es praktisch wäre, sie gleich hier zu verbuddeln, anstatt sie nach Wien zu bringen.«

Leonis Blick schweifte über die Gräberreihen. Alle Kreuze sahen gleich aus. Das mit der Namenlosigkeit war nicht nur so dahingesagt. Janek ließ die Kamera sinken und rieb sich die Augen. Er sah mit einem Mal richtig fertig aus.

Was für eine verrückte Idee, sie hierherzuschleppen. Leoni ging schaudernd auf die moosüberwucherten Stofftiere zu. Ein kleiner Hase und ein Bär steckten in den barocken Metallschnörkeln der Kreuze. Kindergräber. Leoni las Namen wie »Sepperl« und »Hansi« an den Tafeln über den Blechkästen mit den Grablichtern. Vielleicht hatte man den Kindern Namen gegeben, weil sich dann besser um sie trauern ließ.

Leonis Härchen an den Unterarmen sträubten sich, als sie den Auslöser ihrer Kamera drückte. Janek stakste mit der Kamera durch das hohe Gras zur Friedhofsmauer. Leonis

Laune war mit einem Mal in den Keller gesackt. Sie hob Janeks Tasche auf und strebte damit auf den Ausgang zu.

»He, du hast noch gar nicht alles gesehen«, rief Janek ihr hinterher.

»Ich hab keinen Bock mehr, ich geh zurück nach oben.« Leoni nahm zwei Stufen auf einmal und schwang die Tasche auf den Rücken. Etwas fiel zu Boden. Ein Buch. Sie erkannte die stechenden Augen sofort. Das war Malevics Gesicht auf dem Cover. Nur dass diese Ausgabe gebunden war. Leoni bückte sich und hob es auf. *Unschuldsbiest.* Es sah reichlich zerlesen aus. Bevor sie es zurückstecken konnte, stand Janek neben ihr.

»Ist echt nicht jedermanns Sache, aber ich find's inspirierend.«

Leoni starrte ihn an. Sie wusste nicht, was gemeint war. Das Buch oder dieser grauenhafte Friedhof.

»Darf ich?« Janek nahm Leoni das Buch aus der Hand.

Sie fühlte sich mehr als unbehaglich. Leoni hörte Janeks Auslöser in ihrem Rücken, als sie auf ihr Rad stieg und losfuhr.

»Schade. Warte doch.«

Wind kam auf. Janek holte auf. Schulter an Schulter glitten sie dahin. »Tut mir leid wegen vorhin. Manchmal kotzt es mich einfach so an, dass ich wegen der Paukerei nicht eine Sekunde zu dem komme, was mir wirklich Spaß macht. Fotografieren, malen ...«

Leoni lächelte.

»Schon okay.«

»Deine Jeans ist cool. Selbst genäht?«

Für einen Jungen hatte er einen echt scharfen Blick für

Details. Sie ließen sich treiben, und Leoni erzählte, wie Betty ihre Lieblingsjeans mit der Küchenschere viel zu kurz abgeschnitten hatte und Leoni deshalb die breiten Bordüren aus lila Plüsch darangenäht hatte.

»Bringt totalen Spaß, Klamotten selbst zu nähen«, erklärte sie.

Janek nickte. »Die meisten stehen bloß auf irgendwelche Marken. Aber was ist da schon Persönliches dran?«

Er ließ seinen Blick sinken. »Echt, wenn meine Eltern nicht wären, würde ich Kunst studieren. Ein bisschen Fotografieren und mit Photoshop rummachen ist alles, was ich im Moment noch schaffe.« Plötzlich war Janeks Stimmung gänzlich umgeschlagen. Die ganze Rückfahrt über machte er ein verkniffenes Gesicht und schwieg. In der U-Bahn, die sie in Richtung Innenstadt nahmen, um dem nachmittäglichen Gewitter zu entkommen, merkte Leoni, dass Janek vor Erschöpfung immer tiefer auf seinem Sitzplatz zusammensackte. Das Buch lag geschlossen auf seinem Schoß.

»Hast du viel von dem gelesen?«

Janek schreckte hoch. »Malevic? Ich hab erst neulich mit dem angefangen. Das Buch ist von Noah, meinem Mitbewohner.«

»Und was findest du cool an dem? Dass er ein Mörder ist?«

»Mörder?«, staunte Janek. »Seit wann das denn?«

»Guckst du keine Nachrichten?«

Janek fuhr sich müde mit der Hand übers Gesicht.

»Der Mädchenmord vor zwei Tagen. Malevic wurde am Tatort festgenommen. Er hat alles gestanden.«

Janek sah sie überrascht an. »Ehrlich? Ich hätte eher gedacht, dass der sich früher oder später selbst umbringt. Wie der schreibt, das ist doch eher depressiv.«

»Ich find's eklig. Die Geschichte mit dem Fakir. Hast du die schon gelesen?«

Janek betrachtete das Foto auf dem Einband.

»Ist echt nicht seine beste Erzählung. Ziemlich blutiger Trash und sehr abgedreht. Hast du mal *Schlachthof* gelesen? Eine Hausbesetzerstory um einen Schlachthof, den's in Wien mal gab. Malevic war damals so 'ne Art Poetry-Star. Total viele Frauengeschichten, Drogen, Knast. Jedenfalls driftet die Hauptfigur rein in eine Welt aus Trance und Traum.«

»Und was ist daran so originell?«

Zwar tickte Janek nicht so machomäßig wie Max, aber Malevics Frauengeschichten schienen ihn ordentlich anzumachen.

»He, jetzt mach doch nicht gleich so ein Gesicht. Ich find es gut, wie er sein Lebensgefühl beschreibt. Der Mann macht eben sein Ding. Total frei von Konventionen.« Janeks Finger schlossen sich krampfartig um das Buch.

»Ich wünschte, ich könnte das auch. Wir müssen übrigens raus. Die Nächste.«

»He, nicht schlafen. Jetzt geht gleich die Party los.« Diane stand mit einer Flasche Sekt vor der Liege und winkte mit zwei Gläsern. Leoni blinzelte. Sie musste eingeschlafen sein. Jedenfalls hatte Janek gerade noch seinen einbeinigen Derwischtanz in ihrem Traum aufgeführt. Leoni hatte etwas Kaltes auf dem Oberarm gefühlt und die Augen aufgerissen.

»Ich hab nicht geschlafen«, behauptete sie empört.

»Aber süß geträumt. Zumindest deinem Lächeln nach zu urteilen.« Diane grinste schelmisch. »Komm essen und erzähl mir von deiner neuen Bekanntschaft.«

Leoni verzog angenervt den Mund und erhob sich. Es dämmerte bereits. Die Luft war immer noch feucht und schwer von dem Gewitter.

Mit dem Salat hatte Diane sich richtig Mühe gegeben. Postelein, Eichblatt, Rauke und darauf gebackener Ziegenkäse. Es roch köstlich. Rita hatte den Salat oft so zubereitet. Es war eine Kreation von ihr. Der Gedanke an Rita verklumpte Leonis Magen augenblicklich.

»Danke, für mich nicht.« Leoni legte die Hand über ihr Sektglas.

»Was denn? Den magst du doch sonst so gern.«

Leoni zog die Stirn in Falten. Irgendwie tat Diane ihr leid. Jetzt hatte sie mal was anderes als Spaghetti mit Fertigsoße zustande gebracht und Leoni würde trotzdem keinen Bissen runterkriegen.

»Ich weiß, was du denkst.« Diane verteilte den Salat auf die Teller. »Rita geht und ich sehe dem teilnahmslos zu. Vielleicht stimmt es. Ich bin völlig gelähmt. Ich verstehe noch nicht mal, wie es so weit kommen konnte mit uns beiden.«

Leoni legte den Kopf in den Nacken und zog die Beine an den Körper. »Rita sagt, ihr habt überhaupt nichts mehr gemeinsam, du bist ständig im Stress.«

»Es ist ... wir leben einfach in verschiedenen Welten. Rita in ihren Kunstprojekten, ich in meiner Arbeit. Ich kann wegen Rita meinen Job nicht aufgeben.«

»Na klar. Jeder rackert und macht und tut, weil er denkt, der Job ist alles. Und wenn es in der Liebe nicht mehr klappt, dann sind alle ganz verwundert und hilflos. Na ja, und dann trennt man sich eben. Ganz einfach.«

Leoni fühlte, wie Wut in ihr hochstieg.

»Bei Betty und Paps war es genauso. Solange alles gut läuft: nemo problemo. Und wenn's nicht mehr hinhaut: Trennung. Und das nennst du Liebe? Scheiße ist das in meinen Augen!«

Diane kniff die Lippen zusammen. Betont sorgfältig arrangierte sie Salatblätter auf Leonis Teller. Es war ihr anzumerken, dass sie gern etwas erwidert hätte. Doch Leoni war noch nicht fertig.

»Du und mein Vater. Ihr habt nichts anderes im Hirn als euren Egokram. Ich hab auf so was jedenfalls keinen Bock.«

Leonis Stimme war laut und bissig geworden. Diane warf das Salatbesteck in die Schüssel zurück.

»Mit Betty und Paul hat unsere Sache nichts zu tun. Rita und ich haben ganz andere Probleme.«

»Stimmt überhaupt nicht. Betty hat Paps verlassen, weil er nie Zeit für uns hatte. Und jetzt hockt Betty da und tönt rum, wie gigantisch und toll ihr Leben ohne Beziehung ist. Und soll ich dir sagen, was der Hammer ist? Dass Betty das auch noch selber glaubt.«

Diane setzte ihr Glas hart auf dem Tisch ab. »Also pass mal auf. Wie Betty leben will, ist allein ihre Sache. Ob mit oder ohne Beziehung. Dich geht das nichts an.«

Leoni starrte auf den Salat. Sie hatte nichts als Würgen im Hals, als ob ihr jemand die Luft abschnürte. Niemals würde sie eine Beziehung kampflos aufgeben, wie Betty oder Diane.

»Aber Trennung ist auch keine Lösung. Ich jedenfalls werde kämpfen.«

Diane seufzte.

»Genau so hab ich früher auch gedacht. Sie lebten glücklich und zufrieden bis an ihr Lebensende. Ist dir schon mal aufgefallen, dass es so was nur im Märchen gibt, Prinzessin?«

Diane pickte ärgerlich ein Salatblatt nach dem anderen auf ihre Gabel.

»Mensch, denk doch mal nach. Eine wie Rita findest du garantiert nicht wieder. Wenn ich lesbisch wäre ...«

»Bist du aber nicht. Und jetzt Ende!«

Diane knallte die Gabel mit dem Blätterkloß auf ihren Teller.

Leoni rückte den Stuhl zurück und lief in die Wohnung. Sie hockte sich im dunklen Wohnzimmer auf das Sofa und starrte nach draußen. Diane war aufgestanden und rauchte. Leonis Hals brannte. Sie hatte es satt, dabei zuzusehen, wie das, was sie ihre Familie nannte, sich in Einzelteile zerlegte. Alles driftete auseinander wie Eisschollen in der Klimakatastrophe. War das ein Fluch, der auf ihrer Familie lag? Weder ihre Mutter noch ihre Tante waren fähig zu Beziehungen. Und bei ihr hatte es mit Max auch keinen guten Anfang genommen. Sie war sogar schon so weit, dass sie mit Belkiz eine männerfreie Wohngemeinschaft gründen wollte. Leoni wischte sich Tränen von den Wangen. Sollte sie je wieder die Chance haben, sie würde kämpfen um ihre Liebe.

# kapitel vier

*Die Zeit hat Krebse verschluckt. Geht seitwärts, rückwärts, aber nicht nach vorn. Mein Körper schreit vor Schmerz. Wann endlich? Wann erlöst du mich? Es ist weiß Gott ungerecht, dass ich so leide. Aber ich muss geduldig sein. Mein Werk beginnt ja erst. Und es wird groß. Ich habe lang und breit über alles nachgedacht. Ich werde es mit ihr so anstellen wie mit der Ersten. Nur dass ich das neue Messer benutze. Ich muss es halten wie einen kleinen Vogel: Drück ich zu fest zu, zerquetsche ich ihn, lasse ich locker, fliegt er weg. Ob ich es bei Tageslicht tue? Vielleicht ist das noch zu gefährlich. Auf jeden Fall werde ich weitermachen und immer weiter. Nichts hält mich auf. Wenn ich an diese Pappnasen von Bullen denke, muss ich jetzt schon lachen. Ihr kriegt mich nie!*

Leoni bewegte ihre Zehen. Wie rote Kugelfische sahen sie im seichten Wasser aus. Erst elf und schon wieder so eine höllische Hitze. Den Weg vom vierten Bezirk bis zum Museum hatte sie das Rad wegen der vielen Baustellen hauptsächlich geschoben und jetzt genossen ihre angeschwollenen Füße die Abkühlung. Vielleicht wäre es eine Lösung, auf Doc Martens zu verzichten, wenn es über fünfunddreißig Grad heiß war? Leoni streckte sich am Betonrand des Wasserbeckens aus und betrachtete den weißen Marmorkubus. Das große Kunstmuseum bot ausreichend Schatten, um noch etwas zu dösen. »Wichtige Dinge erkennt man erst, wenn man sie verliert«, stand auf der Notiz, die Leoni heute Morgen in der Küche vorfand. Leoni hatte nicht kapiert, was Diane ihr damit sagen wollte. Vielleicht war es besser, das Thema Rita nicht wieder anzuschneiden. Jedenfalls hatte es heute abermals kein Frühstück gegeben. Dafür lagen zwanzig Euro und das neue *Chat* auf der Küchenanrichte. Es war das Heft mit Malevics Lebensbeschreibung: Schwarz-Weiß-Fotos von einem jungen Mann in Janeks Alter, sanft gewelltes, dunkles Haar bis in den Nacken, romantische Augen und ein weicher Mund, der Schmerz verriet, aber auch Entschlossenheit. Malevics Mutter war angeblich Prostituierte gewesen, seinen Vater kannte er nicht. Mit siebzehn schlug er sich von seinem burgenländischen Heimatkaff nach Wien durch und lebte in der Hausbesetzerszene. Die schwarze Lederkleidung, die er immer trug – auch bei Lesungen –, die Frauengeschichten mit meist älteren Promigattinnen und die Drogenexzesse machten ihn stadtbekannt. Mit zweiundzwanzig hatte er einen Gefängnisaufenthalt wegen Körperverletzung und eine Verurteilung wegen Vergewaltigung hinter sich. Malevics schmerzlich gekrümmter Mund, seine stechenden Augen und die schwarzen Klamotten waren beharrlich wiederkehrende Erkennungsmerkmale in der Zeitreise aus Schwarz-Weiß- und Farbfotos. Das letzte Bild zeigte Malevic als verhärmten Zombie vor einer edlen Villa. Eine kleine, schwarzhaarige Frau neben sich. Seine Lebensgefährtin, von der gemunkelt wurde, sie wäre eigentlich seine Schwester. »Es ist der Reiz des Gefährlichen, der mich zu ihm hinzog«, behauptete eine seiner zahllosen Exgeliebten in einem Interview. »Frauen lieben dieses Spiel.«

Leoni schlug das Heft zu und betrachtete das Coverfoto. Malevic im Close-up: die Augen starr wie Murmeln, ein harter, zynischer Zug um den Mund und ein bleistiftdünner Schnauzer, der neben den Mundwinkeln bis zum Kinn verlief und irgendwie obszön wirkte. Diane hatte das Polizeiprotokoll eingehend kommentiert, in dem Malevic zugab, dass das Gedicht, das neben der Leiche gelegen hatte, aus seinem unveröffentlichten Zyklus stammte. Über die Tat berichtete er freimütig und kalt. »Alles lief ganz von selbst, mechanisch, beinahe ferngesteuert«, sagte er der Kripo.

»Buh!«

Leoni schreckte hoch. Janek hielt mit einer Hand ihren Knöchel umklammert, mit der anderen schwenkte er eine Papiertüte. Leoni richtete sich erwartungsvoll auf. Janek nahm Leoni das Magazin aus der Hand.

»So früh schon auf den Spuren des Verbrechens? Das ist gar nicht gut auf leeren Magen.« Janek setzte sich neben sie und hielt ihr die offene Papiertüte hin. »Nussbeugel. Schon mal probiert?«

Die Tüte in Janeks Hand zitterte. Seine Augen waren verquollen und überhaupt machte er einen sehr unausgeruhten Eindruck. Übertrieben gut gelaunt biss er in eines der Hörnchen. »Gibt's auch mit Mohn. Aber die sind nicht so lecker. Ich brauch unbedingt Kaffee. Und du?« Leoni kaute und sah ihn an. Janek war in einem desolaten Zustand. Seine Wangen wirkten trotz Sonnenbräune fahl und eingefallen.

Er entzog sich ihrem kritischen Blick und schlurfte über die weiß glimmenden Marmorplatten des Museumsplatzes auf die kleine Kaffeetheke zu.

Während sie durch die Innenstadt radelten, überlegte Leoni, woran es lag, dass Janek dermaßen geschafft war. Er redete ohne Punkt und Komma, als wolle er Leonis Fragen vermeiden. Es gelang ihm tatsächlich, Leoni von seinem Zustand abzulenken, indem er über seine besten Bezugsquellen von süßen Teilchen erzählte. Leoni erfuhr alles über Wiener Konditoreien und Bäckereien, in denen es gehaltvolle Punschkrapferl oder üppige Kardinalschnitten zu kaufen gab. Essen schien in Janeks Leben einen wichtigen Stellenwert einzunehmen. Jedenfalls veranstaltete er zusammen mit seinem WG-Kumpel Noah regelmäßig aufwendige Koch-Events, zu denen Freunde eingeladen wurden. Heute Abend zum Beispiel gab es ein Essen zu Ehren ihrer neuen Mitbewohnerin Veronique aus Graz. Er und Noah fänden es toll, wenn Leoni dabei wäre. Leoni fand die Einladung total süß, fühlte sich aber überrumpelt. Janek schwärmte weiter von seiner und Noahs Kochleidenschaft und ihren gemeinsamen Tüfteleien an ausgefallenen Menüs. Leoni fand Janeks Begeisterung mitreißend und sie ließ sich offen, zu kommen.

»Noah und ich kennen uns seit der Grundschule. Eigentlich sind wir wie Brüder. Noah ist ein ganz großer Malevic-Fan«, erklärte Janek. »Ich leihe mir alles von ihm.«

Es war echt süß, wie Janek versuchte, ihr ein Abendessen in seiner WG schmackhaft zu machen. Leoni musste grinsen, weil Janek in seinem Redefluss gar nicht mehr zu stoppen war. Als er erklärte, dass er Malevic eigentlich gar nicht so berauschend fand, klang es, als wollte er sich dafür entschuldigen, dass er den Autor gestern dermaßen gelobt hatte.

»Schon okay«, beruhigte ihn Leoni. »Ich hab ja wirklich so gut wie nichts von ihm gelesen. Eigentlich kann ich mir gar kein Urteil erlauben.«

Sie ketteten ihre Fahrräder unter einem Ungeheuer mit Zyklopenauge an. Lautlos schwang es eine große Keule. Die Stille über dem weitläufigen Areal des Vergnügungsparks wirkte irritierend. Vielleicht war es noch zu früh am Tag oder zu heiß für einen Sturzflug auf dem *Fliegenden Teppich* oder dafür, sich beim freien Fall im *Space Shot* den Magen rauskitzeln zu lassen. Nur ab und an zerschnitt eine Sirene oder ein Musikfetzen die Agonie. Unbelebt ragte die Stahlkonstruktion der Achterbahn in den bleiernen Himmel.

»Hochschaubahn, nicht Achterbahn«, korrigierte Janek sie. Klar, es würde ein paar Tage dauern, bis Leoni wieder reinkam in das exotische Vokabular aus Paradeisern, Beiseln und Dekagramm. Sie trabte hinter Janek durch die verlassene Schaustellergasse zwischen Autoscooter, Spiegelkabinett und Grottenbahn. Ein penetranter Geruch von altem Fett und Knoblauch stieg Leoni in die Nase. »Langos«, erklärte Janek. Leoni wurde flau im Magen.

»Wir können doch abends wiederkommen und Fotos machen«, schlug sie vor. »Im grünen Teil des Praters ist es sicher angenehmer.«

Janek hielt Leoni als Antwort die aufgeschraubte Wasserflasche hin. »Ich will dir was zeigen. Heute Abend hast du außerdem eine Einladung, schon vergessen?«

»Kann sein, dass ich eine Einladung habe. Aber ich hab noch nicht gesagt, dass ich sie annehme.« Leoni trank einen Schluck und gab Janek die Flasche zurück.

Er war bestürzt. »Aber du bist unser special guest!«

»Ich dachte, das wäre Veronique? Und wenn, dann komm ich freiwillig. Außerdem hab ich keinen Bock auf Fotos bei der Hitze.«

Janek steckte die Wasserflasche in seine Umhängetasche und zog Leoni weiter. »Wer sagt, dass wir Fotos machen? Guck mal da. Überraschung.«

Sie standen vor einem aus dunkelbraunen Brettern gezimmerten Bauwagen mit rotem Dach, der in einem umzäunten Gärtchen unter einer großen Kastanie stand. »Gerti Vranouszek. Handlesen, Kartenlegen, Astro-Beratung« stand auf dem Schild neben dem Treppchen.

»Die Alte ist spitzenmäßig. Bisschen strange vielleicht, aber die kann was.«

Janek zog Leoni die Treppe hoch und teilte den weißen Perlenvorhang. Klickernd gab er den Blick auf eine orientalische Höhle in Dunkelrot frei. Samtkissen um ein niedriges Tischchen, plüschiger Teppich und jede Menge Glitzerkram und Räucherstäbchen. Leoni zögerte.

»Ich glaub nicht richtig an so was ...«

»Ich lad dich ein. Gabi ist 'ne echte Zigeunerin. So was habt ihr nicht in Hamburg.«

Der Vorhang neben dem kleinen Bhudda-Altar mit der Salzkristalllampe teilte sich. Gabi, platinblond und sonnenbankgebräunt, kam herein. Das mit der Zigeunerin war eindeutig ein Gerücht. Sie lächelte verwirrt über die unerwartete Kundschaft, erkannte dann aber Janek.

»Holla, neue Kundschaft? Ich bin gleich da.«

Ihre Stimme klang unheimlich und tief. Janek hatte sich auf eines der Kissen gesetzt und strahlte Leoni begeistert an.

»Sie hat mir alles über dich gesagt. Dass wir uns treffen werden und so …«

»Aber die kennt mich doch gar nicht.«

Janek schüttelte den Kopf über Leonis Ahnungslosigkeit.

»Sie trinken doch Kaffee?«

»Gern.«

Gabi balancierte Kännchen und Tassen auf einem Kupfertablett. Sie hatte ein Kopftuch mit großem Blumenmuster in schwarz und rot umgebunden. Für Leoni sah sie trotzdem nicht wie eine Zigeunerin aus.

»Und wem von euch beiden kann ich was Gutes tun?«

Gabi nahm erst Janek, dann Leoni ins Visier. Janek blickte zu Leoni. Ein unangenehmes Schweigen breitete sich aus. Leoni fühlte, dass sie etwas sagen sollte.

»Ja, eigentlich … Ich wollte mir das anschauen. Ich war noch nie bei einer … ich glaube, heute …«

Leonis Zähne nagten an ihrer Unterlippe.

Gabi schenkte Janek Kaffee ein. Sie lächelte. »Ich versteh das. Das erste Mal. Da haben viele Angst.«

Janek grinste über die Zweideutigkeit. Wie affig. Was sollte das? Leoni stand auf. »Tut mir leid. Ich komme ein andermal wieder. Heute ist nicht mein Tag.«

An der Tür wurde ihr schwarz vor Augen und graue Mücken tanzten in ihrem Blickfeld. Leoni fühlte Janeks festen Griff unter ihrem Arm, als sie auf der Treppe war.

»Leoni, was ist denn?«

Leoni zog verärgert den Arm weg.

»Ich will nicht und damit basta. Kannst du das nicht akzeptieren? Ich hab einfach keinen Bock auf die Ziege.«

»Aber Gabi ist okay.«

Janek griff abermals nach Leoni. Seine Hand an ihrem Unterarm zitterte.

»Ich hab gesagt, ich will nicht, ja?«

Leoni versuchte, ihren Arm wegzuziehen. Mit einem Mal war Janeks Griff hart wie Metall.

Er grinste abwesend. Leoni wand ihren Arm aus seiner Umklammerung und versetzte Janek einen festen Stoß gegen die Brust.

»Spinnst du? Was soll das?«

Überrascht taumelte er rückwärts und erwachte aus seiner Abwesenheit.

»Sorry. Entschuldige. Leoni, tut mir leid.« Mit nach oben gekehrten Handflächen kam er auf sie zu.

»Ich bin total übernächtigt. Ich hab die ganze Nacht nicht geschlafen.«

Leoni ging kopfschüttelnd rückwärts.

»Fass mich nicht an. Die Tour kannst du bei mir vergessen, kapiert?«

Mit zusammengepressten Lippen blieb Janek stehen. Er wirkte zerknirscht und schuldbewusst.

»Ich steh komplett neben mir. Ich kann gar nicht mehr klar denken.«

»Das ist kein Grund, sich so aufzuführen.«

Leoni ging ohne ein weiteres Wort zurück zu der Gasse mit den Geisterbahnen. Unter dem Keulen schwingenden

Zyklop blieb sie stehen. Als sie zu ihm hochsah, sah sie, dass Blut aus dem Auge an seiner Stirn troff. Sie musste an die Fakirgeschichte von Malevic denken. Leoni wandte sich suchend um. Hier mussten doch irgendwo die Räder sein. Oder gab es außer diesem noch mehrere einäugige Monster im Prater? Janek kam mit gesenktem Kopf langsam auf sie zu. Dann entdeckte sie die Metallstange mit den Rädern daran.

Dunkle Monumente aus Ästen und Blättern. So ließen sich die Kastanien der Hauptallee am ehesten beschreiben. Leoni und Janek saßen im Schatten unter einer Baumkrone.

»Ich kann es nicht leiden, wenn jemand mich zu etwas überreden will, wozu ich keine Lust habe.« Leoni umschloss ihre Knie und zog sie auf der Parkbank dicht an sich heran. Staub und Schweiß bildeten schmutzige Schlieren an ihren Oberarmen.

»Es war nicht so gemeint. Ich wollte dir eine Freude machen. Ich dachte, dich interessiert deine Zukunft.«

Leoni wischte den Staub von ihren Armen.

»Die interessiert mich auch. Nur eben nicht heute.« Sie legte den Kopf schief. »Was hat die dir denn gesagt?«

Janek lachte. »Ich dachte, du willst heute nichts über die Zukunft wissen.«

»Über *meine* nicht.« Leoni boxte Janek sanft an den Oberarm. »Komm schon. Sag.«

Er blickte zu Boden und grinste. »Na, was wohl? Dass ich eine Frau mit dunklen Locken treffe, die von weit her kommt.«

»Und weiter?«

Er zuckte mit den Achseln. »Dass sie auf der Suche ist und, und ...?«

»Und was?«

»Dass wir zusammen sein werden. In einer Stadt an einem Fluss.«

»Oh Jesus, bist du 'ne Kitschlilly. Und jetzt denkst du, ich bin das, oder wie?«

Janek blickte Leoni enttäuscht an. »Hast du dunkle Locken oder nicht?«

Leoni schwieg und lächelte. Janek streckte die Hand aus und berührte Leonis Haare mit den Fingerspitzen. Leicht glitt er dabei über ihr Ohr. Ein sanfter Kitzel, der nach mehr schrie. Leoni schloss die Augen. Aber Janek zog seine Hand zurück.

»Ich hab total überreagiert vorhin. Das kommt öfter vor, wenn ich im Stress bin. Tausend Muskeln, Knochen, Gelenkverbindungen. Ich krieg es einfach nicht in meinen Schädel. Es ist nicht so wie bei Noah. Der ist ein Superhirn.«

Leoni drehte das Kunstfell an ihrer Jeans zu kleinen Zöpfchen.

»Und deine Eltern, sind die auch Mediziner?«

Janek verschränkte seine Arme.

»Mein Vater ist Veterinär. Meine Mutter ist Hausfrau. Das heißt, früher hat sie auch mal studiert, bevor sie mich und meinen Bruder bekommen hat. Jetzt wünschen sich meine Eltern einen echten Mediziner in der Familie.«

»Aber wenn du viel lieber was anderes willst?«

Janek dehnte den Rücken über die Banklehne und wischte sich mit beiden Händen über die Augen.

»Ich hab mir gesagt, ich versuche es wenigstens. Echt, meine Eltern sind klasse, astrein.«

»Aber so cool, dass du dich für sie opferst, können sie nicht sein.«

Janek lächelte.

»Stimmt. Mal sehen. Jedenfalls bist du die Erste, mit der ich drüber spreche.«

»Hast du keine Freunde?« Leoni setzte ihre Füße auf den Boden. Kleine Staubwolken wirbelten auf.

»Nicht so viele. Jedenfalls keine, mit denen ich so gut reden kann.«

Leoni sah zu, wie Janeks Hand auf der Rückenlehne der Bank in ihre Richtung wanderte.

»Ich fänd's toll, wenn du heute Abend kommst.«

Leoni schnaufte durch und lächelte. Er war wirklich süß.

Janek blickte unsicher auf seine Hand, die nur noch Millimeter von Leonis Schulter entfernt war. Ein angenehmer Schauer durchlief Leonis Arm. Sie beugte sich vor und sah in Janeks überraschtes Gesicht. Diese weichen Lippen. Eigentlich war es nicht ihre Art. Aber sie hätte zu gerne gewusst, wie die sich anfühlten. Janeks Augen dicht vor ihren und dann dieser Hauch von einer Berührung an ihrem Mund, der Leoni elektrisierte bis unter den Bauchnabel.

Es war dunkel, und Leoni hatte Mühe, die Namensschilder zu entziffern. Die Beleuchtung über den Klingelschildern flackerte schwach. Schließlich entdeckte sie links oben das Schild mit drei Namen dran. Einer davon war auf ein Stück Leukoplast geschrieben. Darunter befand sich Janeks Name. »Weber. Nicht vergessen!« Er hatte Leoni seinen Namen vorgebetet, damit sie ihn nur nicht vergaß. Leoni drückte die Klingel und wartete. Sie rüttelte am Knauf des massiven Haustors. Dann hörte sie Fußgetrappel. Janek öffnete. Er sah ziemlich abgehetzt aus und trug eine Schürze aus hellem Leinen, die deutliche Spuren einer Küchenschlacht aufwies.

»Schön, dass du da bist. Wir sind noch nicht ganz fertig.« Seine Augen glänzten vor Freude. »Bitte, komm rein.« Janek griff nach einer der Plastiktüten in Leonis Hand. Leoni hielt sie fest, bis sie kapierte, dass er nur freundlich sein und ihr eine davon abnehmen wollte.

»Sei vorsichtig, vorne sind die Bodenfliesen locker.« Leoni stapfte hinter Janek den Flur entlang. Es war ein uraltes Mietshaus mit einer gewundenen Steintreppe und einem Wasserhahn im Flur. Sogar eine Portiersloge gab es. Aber die war natürlich nicht mehr besetzt. Ihre vergitterten Flurfenster waren mit Pappe zugeklebt. Die Stufen hatten eine tiefe Laufkuhle in der Mitte und es roch nach feuchtem Kalk und schimmeligen Kellern.

»Eine Bassiner«, erklärte Janek und deutete auf das Waschbecken mit dem schmiedeeisernen Wasserhahn unter dem Flurfenster. »Eine echte Rarität. In Wien gab's das früher in allen Häusern. Komm rein.«

Klassische Musik und ein Duft nach Olivenöl und frischen Kräutern drangen aus der offenen Tür. Das Parkett knarzte, als Leoni hinter Janek den weitläufigen Flur betrat. Bis auf einen Garderobenständer und einen Stapel an die Wand gelehnter Umzugskartons war er leer. Vier Zimmertüren gingen von hier ab. Nur eine davon war offen. Leoni erspähte im Vorübergehen ein altes Messingbett, neben dem eine Lampe mit rotem Tuch darüber orientalisches Licht verströmte. Die Musik wurde lauter, als Janek die Küchentür öffnete.

»Hast du dein Rad gut abgeschlossen?«, rief er ihr über die Schulter zu. Leoni riss sich vom Anblick des Messingbetts los. Wahrscheinlich gehörte es Veronique, die neu eingezogen war. Aus der Küche kam das Surren eines Elektromixers. Ein gedrungener Typ mit schwarzem Pferdeschwanz stand mit dem Rücken gewandt zu ihr. Gekonnt ließ er Öl mit einem hohen, dünnen Strahl in eine Rührschüssel fließen. Er nickte Leoni zu, ohne seine Arbeit zu unterbrechen.

»Darf ich vorstellen, Chef de Cuisine Noah Hanisch und Souschef Janek Weber«, alberte Janek mit französischem Akzent.

Leoni nickte Noah zu. Dann fiel ihr Blick auf den großen Holztisch. Er war knallvoll mit bunt garnierten Tellern und Schüsselchen. Im chaotischen Sammelsurium des Geschirrs passte kein Teil zum anderen, doch was sich an Köstlichkeiten auf den Tellern befand, erzeugte den Eindruck eines perfekt durchkomponierten Ensembles. »Asseyez-vous, madame, et relaxez-vous. Ich habe schon viel von dir gehört.« Noah sprühte über vor guter Laune. Seine dunklen Augen glitzerten.

»Wir 'aben 'eute glacierte Möhren in trockenem Sherry, Estragon und Pinienkörnern, pastis d'aubergines avec Paprikasoße, Oliven im Fenchelsud, tortillas espinacas, almendas tostadas, tomatas stuffadas und kleine, kleine, kleine Sardinen, leider schon tot, aber dafür gebraten«, erklärte

Janek in gebrochenem Deutsch. Leoni setzte sich auf den Stuhl neben dem Eingang. Sie war vollkommen geplättet von dem reichhaltigen Büfett.

»Wow. So was hab ich nicht erwartet.«

Noah schaltete den Mixer aus und hielt Janek die Rührschüssel hin. *Erste Sahne* war auf seine Schürzenbrust gestickt. Janek tauchte seinen Finger in die Mayonnaise und roch daran.

»Wie viel Knoblauch ist da drin? Zwanzig Zehen oder bloß neunzehn?«

»Spießer. Zur Feier des Tages kannst du dir ruhig mal was gönnen«, erklärte Noah und hielt Leoni die Schüssel hin. Sie lächelte Janek entschuldigend zu und probierte. Die Mayo war ein Traum. Frischer Knoblauch, feines Öl und eine feine Chilinote.

»Siehste. Leoni ist nicht so ein Schisser«, stellte Noah fest. »Ich frag mich, wie du's mit dem Knallkopf auch nur zehn Minuten aushältst.« Noah sah Leoni grinsend an.

Janek schubste Noah in Richtung Herd. »Geh weg, geh kochen.«

»Ach, du verstehst heute aber auch gar keinen Spaß, Mausi.« Gespielt tuntig übernahm Noah die Rolle der Hausfrau. Leoni grinste. Noahs witzige Art gefiel ihr.

»Janek hat mir schon den ganzen Tag von deiner legendären Kochkunst vorgeschwärmt.«

Noah füllte die Mayo geschickt in Schälchen mit Rosenmuster. Mit seinen dicken Koteletten und seinen dunklen Augenbrauen konnte man ihn fast für einen Spanier halten.

»Vorgeschwärmt? Glaub ich nicht. Normalerweise erzählt Janek allen, dass ich ein cholerischer Kontrollvater bin. Stimmt's?«

»Ach, Süßer! Du bist doch nicht zwanghaft, nur weil du uns so schöne Putzpläne und Einkaufslisten auf Excel schreibst.«

Janek und Noah grinsten einander mit gefletschten Zähnen an.

»Na, Jungs, habt ihre euch den ganzen Sherry reingezogen, anstatt ihn über die Möhren zu kippen?«

Eine langhaarige Brünette mit ausgestellter Flickenjeans und turbanartigem Tuch auf dem Kopf kam in die Küche. Sie roch extrem nach Rosenöl und streckte Leoni die Hand hin. Es war Claudia, Veroniques Freundin. Sie hatte beim Einzug geholfen und wollte morgen zurück nach Graz.

»Tataaa!« Veronique betrat die Küche mit einem fünfarmigen Messingkerzenleuchter, an dem weinrote Kerzen brannten. Unter »Ah«- und »Oh«-Rufen rückten Janek und Claudia die Teller auf dem Tisch, um dafür Platz zu machen.

»Was'n hier für 'ne Gruftistimmung?« Erst jetzt bemerkten alle, dass die Musik aus war. »Ich bring mal ein bisschen Pepp in die Angelegenheit.« Veronique verschwand nach draußen und drehte in ihrem Zimmer laut Flamencomusik auf.

Janek goss in Kellnermanier die Gläser voll.

»Perfekte Temperatur, perfekte Rebsorte«, lobte Noah den Wein, den Leoni mitgebracht hatte. Alle stießen an und tranken auf Veroniques Neuanfang in der großen fremden Stadt. Mit fragendem Blick legte Janek die Hand auf die

Stuhllehne neben Leoni. Leoni nickte ihm zu und er setzte sich. Dabei wirkte er so, als ob er vor Freude gleich platzen würde. Leoni fühlte kleine Nadelstiche in der Herzgegend. Verdammt. Bei Max hatte sie das nie gehabt.

Der Abend war der reinste Rausch aus toller Stimmung, köstlichem Essen und prickelnd kaltem Wein. Leoni fühlte sich wohl und getragen, wie in einem Boot, das auf die weite Fläche eines abendlichen Sees hinausdriftet. Die Gespräche bewegten sich um Veroniques Zukunftspläne – sie wollte was mit Film oder Theater machen – und um Noahs Computerleidenschaft und seine manchmal neurotisch-zwanghaften Putzanfälle. Immer wieder kehrten alle mit Lob und Begeisterung zu den raffiniert zubereiteten Tapas zurück, an deren Entstehen Janek den größeren Anteil hatte, wie sich herausstellte. Leoni streichelte anerkennend Janeks Unterarm. Seine Augen zerschmolzen vor Hingabe. Nachdem sämtliche Teller bis auf einen Haufen Olivenkerne leer gegessen waren, versanken alle in trägem Schweigen. Claudia schlug vor, eine Führung durch die Zimmer zu machen. Stöhnend erhoben sich alle und gingen nach nebenan. Veroniques Zimmer wirkte kahl und unfertig. Einzig das dunkelblaue IKEA-Sofa neben dem Fenster machte Hoffnung auf Gemütlichkeit. Janeks Zimmer bestand in der Hauptsache aus dem Monstrum von Messingbett mit Patchworkdecke. Überall an den Wänden gab es Collagen mit fragilen Strichgestalten, merkwürdigen Minimonstern und eingearbeiteten Fotos. Witzig und auch ein wenig gruselig, fand Leoni. Sie erinnerten stark an die Zeichnungen von Jean-Michel Basquiat. Sein kleiner, privater »Kunstsalon« nannte Noah Janeks Zauberreich. Leoni fand es erstaunlich, dass Janek bodenlange Vorhänge aus Nesselstoff besaß.

»Selbst genäht«, betonte er. Auch die Regale über dem winzigen Schreibtisch hatte er selbst gemacht. Polierte Blechplatten waren versetzt an die Wand geschraubt. Es sah sehr cool aus, obwohl alles überquoll von Skripten, Ordnern und medizinischen Lehrbüchern.

»Zu Ihrer Linken sehen Sie die Wirkstätte des berühmten angehenden Mediziners Dr. Dr. med. Janekus Weberius, Nobelpreisträger in spe und unermüdlicher Kämpfer zur Rettung der Menschheit«, kommentierte Noah. Janeks Schreibtisch war ein Aufschrei der Unordnung. Papiere, ein Netbook, zerfledderte Bücher und alles garniert von festgewachsenen Espressotassen und trüben Trinkgläsern.

Schließlich wollten alle dem »Gast aus dem nördlichen Ausland« der Vollständigkeit halber auch Noahs Zimmer zeigen. Es bestand eigentlich nur aus einer aufgebockten Schreibtischplatte, zwei LCD-Bildschirmen und einem großen Rechner. In einer Regalwand entdeckte Leoni Noahs Malevic-Sammlung. »Schlachthof«, las sie an einem der Buchrücken und zog es heraus.

»Kann ich das leihen?«

Noah neigte keck den Kopf zur Seite.

»Weiß nicht, die gehören alle Janek. Hab ich selbst nur ausgeliehen.«

Leoni verstand nicht. Janek hatte doch erzählt, dass Noah der eingefleischte Malevic-Fan war und dass er die Bücher von ihm hatte. Jetzt sollte es plötzlich umgekehrt sein? Janek machte ein betroffenes Gesicht und setzte zu einer Erklärung an.

»Ist ja egal, wem die gehören«, schaltete Noah sich ein. »Du kannst es auf jeden Fall haben.« Leoni folgte Janek und den anderen zurück in die Küche. Nachdenklich löffelte sie ihr Mascarpone-Trifle, das Janek mit einer unglaublich kunstvollen Verzierung aus frischen Erdbeeren zu Tisch gebracht hatte. Warum hatte Janek ihr über die Malevic-Bücher die Unwahrheit gesagt? Es war doch nichts dabei, eine Leidenschaft für einen bestimmten Autor zu haben. Aber Janek war das offensichtlich unangenehm. Wollte er etwas vor ihr verbergen?

Nachdem eine weitere Flasche Wein entkorkt und auf die Köche und Janeks baldiges Bestehen der Anatomieprüfung angestoßen worden war, fühlte Leoni sich zunehmend betrunken. Der lange Weg über den Flur zum Klo war mehr ein Schweben als ein Gehen. Und als sie sich wieder an den Tisch setzte, hatte sie den Eindruck, als starre Noah sie unablässig mit großen Augen an. Mist. Sie war eindeutig beduselt. Sicher lag es daran, dass Leoni normalerweise kaum Alkohol trank. Während Veroniques Bericht über ihre Vorstellungsgespräche als Kellnerin in verschiedenen Innenstadtbars dämmerte Leoni an Janeks Schulter gelehnt vor sich hin. Ohne dass sie es richtig mitbekommen hatte, wuselten plötzlich alle in der Küche durcheinander. Stühle wurden gerückt, Teller gestapelt, Gläser geräumt.

»Du kannst bei uns im Zimmer pennen«, meinte Veronique. »Oder willst du in Janeks Himmelbett?«

Leoni schreckte überrumpelt hoch. »Quatsch. Ich fahr heim. Ist ja nicht weit.«

Noah warf sein Geschirrtuch über die Schulter. »Keine Chance, du bleibst hier. Da draußen rennt ein Mädchenmörder frei herum. Da willst du allein durch die Nacht radeln? Janek holt dein Rad und wir machen ein Bett für dich im Mädchenzimmer.«

»Das ist doch viel besser. Und morgen organisieren wir ein gemütliches Frühstück. Es gibt einen super Bäcker um die Ecke«, erklärte Veronique. Janek nickte und streichelte Leonis Hand. Also schön. Dieser Versuchung konnte sie kaum widerstehen.

Halb zwei zeigte das Handy. Sie hatte Diane zwar eine SMS geschrieben, aber vielleicht war es doch besser, sich noch mal zu melden.

»Klar bleibst du da«, bestätigte Diane. Leoni hatte ihr von dem gemütlichen Abend erzählt, und sie war sofort damit einverstanden, dass Leoni über Nacht blieb. »Sie haben Malevic heute Nachmittag freigelassen«, erzählte sie mit besorgter Stimme. »Er hat sein Geständnis widerrufen. Genügend Beweise gegen ihn gibt es auch nicht. Wie ich vermutet habe: Malevic ist es nicht gewesen. Er hat das Mädchen nicht umgebracht.«

»Ich melde mich morgen Vormittag«, versprach Leoni und legte auf.

Während Janek Leonis Rad holte, wartete Leoni in der Küche und sah zu, wie Noah den Abwasch erledigte. Er hatte ihr streng untersagt, auch nur einen Teller anzufassen.

»Erzähl lieber was von dir«, sagte er.

Leoni wusste nicht recht, was es groß zu sagen gab. Schließlich erzählte sie von Bettys Unfall, der ihren unfreiwilligen Wien-Besuch zur Folge gehabt hatte.

Noah fand die Geschichte stark. Er lächelte hintergründig und meinte, es gäbe keine Zufälle. »Alles hat einen tieferen Sinn. Sicher auch deine Wien-Reise. Das erkennst du alles später.«

Keine Ahnung, wie das nun wieder gemeint war, aber nachzufragen kam Leoni blöd vor. Außerdem war sie viel zu müde dazu. Zum Glück ging in diesem Moment die Wohnungstür auf und Janek polterte mit Leonis Fahrrad in den Flur.

»Und? Habt ihr euch gut unterhalten?« Er klang irgendwie bissig. Noah drückte ihm das zusammengeknüllte Geschirrtuch an die Brust. »Klar. Keine Angst, du kannst übernehmen.« Janek schaute ihm mit zusammengekniffenen Augen nach. Ein nasser Fleck zeichnete sich an seiner Hemdbrust ab.

Die Nacht war alles andere als erholsam. Sowohl Veronique als auch Claudia entpuppten sich als lautstarke Schnarcherinnen. Einige Male setzte sich Leoni auf ihrer Matratze auf und zischte oder schnalzte mit der Zunge in Richtung Sofa. Aber nichts half. Im Gegenteil. Das Schnarchen, Gurgeln und Luftschnappen verdichtete sich im Zuge der Nacht zu einer scheußlichen Geräuschcollage. Schließlich schleppte Leoni ihre Bettstatt hinaus auf den Flur. Hier war es zwar ruhig und angenehm luftig, doch Leoni konnte trotzdem nicht einschlafen. Gespannt lauschte sie auf jedes Geräusch, das aus den Zimmern drang, weil sie fürchtete, jemand könnte auf dem Weg zur Toilette über sie stolpern. Während Leoni noch überlegte, ob sie die Nacht lieber auf dem Balkon fortsetzen sollte, wurde sie vom Schlaf überwältigt.

Es dauerte mehrere Augenblicke, bis Leoni sich darüber im Klaren war, wo sie sich befand. Gegenüber lehnte ihr Fahrrad am Kleiderständer und aus der angelehnten Küchentür fiel ein schmaler Lichtstreifen. Gedämpft waren Stimmen zu hören. Jetzt tauchten einzelne Bilder des gestrigen Abends vor Leonis Augen auf. Der festlich gedeckte Tisch, die witzigen Gespräche, Leonis Wange an Janeks Schulter, Noahs Blicke, die auf ihr ruhten. Leoni streckte die Arme über den Kopf. Sie fühlte sich verspannt und verkatert und unheimlich durstig. Mühsam kämpfte sie sich von ihrer Matratze hoch und wankte auf die Küchentür zu.

»Spinn doch nicht rum, Alter. Hör auf mit dem Scheiß.« Das war Noahs Stimme.

»Du hast sie die ganze Zeit angeglotzt. Mit solchen Glupschern«, fauchte Janek.

»Hallo?« Leoni zog die Küchentür auf. Janek und Noah saßen am Frühstückstisch vor einem üppig gefüllten Brötchenkorb und grinsten sie breit an.

»Guten Morgen. Gut geschlafen?«, erkundigten sie sich einmütig.

»Morgen. Das sieht ja toll aus. Ich komm gleich.«

»Handtuch ist im Bad«, rief Noah ihr nach.

Das Bad entsprach eindeutig nicht den Voraussetzungen für die Nutzung innerhalb eines Dreipersonenhaushalts. Es war winzig und bestand bloß aus einer Wanne mit zerrissenem blassrosa Duschvorhang und einem verkalkten Waschbecken. Alles war knallvoll mit Duschgel, Shampoo und Sprays. Das Nervigste aber war, dass man in Ermangelung eines Schlüssels die Badezimmertür nicht absperren konnte. Leoni mühte sich ab, beim Duschen außerhalb des Schlüssellochblickwinkels zu bleiben. Blöd eigentlich. Denn weder Janek noch Noah schätzte sie als Spanner ein. Merkwürdig. Warum kam sie sich hier beobachtet vor? Leoni setzte zu einer extremen Kaltdusche an und beendete die Morgenwäsche. Sie zog den Vorhang zurück und sah draußen am Schlüsselloch einen Schatten vorbeihuschen. Verärgert über ihre Ängstlichkeit stieg sie aus der Wanne und rieb sich mit dem Handtuch ab. Nach und nach fiel ihr dabei der Inhalt ihres Traums wieder ein. Von einem einzelnen grünen Auge hatte sie geträumt. Hell wie ein Fixstern hatte es über ihrem Bett gestanden und auf sie herabgestarrt. Es schien an der Zimmerdecke zu hängen, aber es senkte sich nach und nach bedrohlich auf sie hinunter. Als es dicht über ihrem Gesicht war, erkannte Leoni, dass Blut aus dem Auge tropfte. Es war an etwas Langem, Dünnem befestigt. Eine Schnur? Ein blutiger Sehnerv war das! Leonis Herz schlug aufgeregt. Es war bloß ein Traum. Ein dummer Traum!

Janek kauerte auf der Sitzbank neben der Balkontür und starrte gedankenverloren nach draußen. Seine Hände spielten mit einem kleinen weißen Zettel.

»Ist Noah schon weg?« Leoni angelte sich ein Butterhörnchen aus dem Korb.

»Du siehst doch, dass er nicht da ist.«

»Ja. Na und?«

»Bin ich dir nicht genug oder was?« Janek sah sie an. Er hatte dunkle Ringe um die Augen. Seine Hände zitterten.

»Ich hab doch bloß gefragt. Ich wollte mich gern von ihm verabschieden.« Leoni schraubte das Marmeladenglas auf. Ein blumiger Orangenduft entfaltete sich.

»Selbst gemacht?«

Janek legte den Zettel auf das Anatomiebuch neben sich. Eine Nummer und eine Nachricht waren drauf. *Dr. Ro...,* las Leoni.

»Noah ist zur Uni. Er lässt dich grüßen. Zufrieden?«

Leoni legte das Hörnchen auf ihren Teller zurück.

»Was ist los? Wenn du schlechte Laune hast, kann ich auch gehen.«

Janek stand auf und ließ ein Glas mit Wasser volllaufen.

»Sorry. Es ist nur … wegen gestern Abend.«

Janek nahm zwei Tabletten in den Mund und spülte mit Wasser nach.

»Es war doch total nett.«

Janek goss sich Espresso nach, obwohl seine Tasse noch halb voll war.

»Total nett. Supernett. So nett wie Noah.«

Okay. Da lag also der Hund begraben.

»Hör mal, Janek. Noah ist nett und wir haben uns gut unterhalten. Wo ist das Problem?«

Janek plumpste kraftlos auf die Küchenbank.

»Der macht dich an. Hinter meinem Rücken. Das ist das Problem.«

»So ein Quatsch. Aber selbst wenn es so wäre, geht's dich nichts an.«

Mist. So pampig hätte sie nicht werden wollen.

Janek stürzte seinen Kaffee runter.

»Aha. Es geht mich also nichts an.« Er nickte und grinste bitter. »Ich glaub, es ist wirklich besser, du haust jetzt ab. Komm, ich bring dich zur Tür.« Janek war aufgestanden und griff nach Leonis Arm.

»Jetzt mach mal halblang. Pfoten weg. Ich geh von ganz alleine, Idiot.« Der Küchenstuhl kratzte über den Holzboden. Leoni polterte auf den Flur und setzte ihren Rucksack auf.

»Leoni, ich wollte nicht unfreundlich sein. Du hast mich falsch verstanden. Bitte, komm … ich … lass uns doch noch zusammen frühstücken.«

Leoni nahm ihr Fahrrad und schob es in Richtung Tür.

»Machen wir. Ein andermal. Heute kommt das nicht so gut. Gehst du mir bitte aus dem Weg?«

Janek zog die Tür auf.

»Leoni, es ist total bekloppt, wie ich mich aufführe. Ich kann es dir vielleicht erklären. Ich brauche nur Zeit.« Janek zappelte auf der Treppe neben ihr her wie ein kleiner Junge, dem man sein Spielzeug wegnehmen will. »Bitte, Leoni. Lass uns reden. Stimmt. Nicht heute. Aber bald.«

Leoni blieb stehen und sah Janek an. Sollte sie Mitleid mit ihm haben oder einfach alles nur lächerlich finden?

»Also gut. Ruf mich an, wenn's was zu erklären gibt«, sagte sie und schulterte ihr Rad.

Verdammt, verdammt, verdammt. Leoni trat in die Pedalen und heulte. Die Luft in ihren Lungen brannte und ein dicker Kloß saß in ihrem Hals fest. Warum musste immer alles so kompliziert sein? Janek war wahnsinnig süß. Er hatte eine Macke, okay. Aber war er deshalb gleich ein Idiot? Am liebsten hätte Leoni es gemacht wie Rita. Einfach ihren ganzen Kram packen und sich in die Hütte am Bergsee verkriechen. Das wär's. Draußen zwischen den hohen Felsen und so nahe an den Wolken konnte sie nie lange traurigen Gedanken nachhängen. Wenn es eine Medizin gab gegen Liebeskummer, dann Bergluft. Aber hatte sie sich nicht vorgenommen, nicht abzuhauen, wenn es Probleme gab? Klar kannte sie Janek erst seit ein paar Tagen, aber sie mochte ihn. Auch wenn er öfter mal rätselhafte Ausraster hatte. Janek war so glücklich gewesen, als Leoni gestern Abend zum Essen aufgetaucht war. Und sie hatte sich beschützt gefühlt von ihm und umsorgt. Und sie? Musste sie ihn einen Idioten nennen? Leoni hielt an und wischte die Tränen ab. Das Handy zeigte keine Meldungen an. Sicher zu früh, um mit einer Nachricht von Janek rechnen zu können. Sie setzte sich wieder aufs Rad und fuhr weiter.

Der kleine Saal dampfte. Das Publikum stand dicht gedrängt am Bühnenrand und klatschte rhythmisch. *Complex* hieß die Band, deren Leadsänger eine teuflische Bühnenshow lieferte. In Mafia-Nadelstreif und Sonnenbrille, die Hüften wiegend, rappte er über die geldgeilen Absahner der Bankenkrise. Der Chor führte dazu in schrillen Kostümen zwischen Lederpunk und Barockperücken ein bizarres Ballett auf.

»*Complex* ist spit-zen-mä-ßig«, hatte Diane erklärt. »Die musst du gesehen haben.« Und Leoni war froh, dass sie sich hatte überreden lassen. Dianes Artikel über Malevic war in der Redaktion auf großes Lob gestoßen. Als eine von wenigen hatte sie objektiv berichtet und war nicht dem Mainstream der Yellow Press gefolgt. Malevics Agent hatte sich persönlich bei ihr bedankt und sie zur nächsten Lesung eingeladen. Jetzt war Diane in Feierlaune und hüpfte selbstvergessen direkt neben dem Bühnenlautsprecher. Leoni war überhaupt nicht nach Tanzen, doch irgendwann wurde sie von der Menge einfach mitgerissen. Erstaunlich, wie die Beats in kürzester Zeit sämtliche Widerstände aus Trägheit und schlechter Laune aus ihr heraushämmerten. Selbst die schweißtreibende Hitze störte sie nicht mehr. Es war einfach nur genial, mit all den verrückten Leuten und der Musik zu verschmelzen. Der Vibrationsalarm des Handys riss Leoni mitten aus dem Groove. Sie blieb stehen und zog das Telefon raus. Sofort erntete sie grobe Stöße von ihren Tanznachbarn. Leoni zwängte sich durch die schwitzende Horde an den Tanzflächenrand. Sie schob sich an der Wand entlang zum Ausgang. Erst jetzt fiel ihr auf, dass die meisten Leute schwarze Gothic-Klamotten trugen. Schien unbedingt dazuzugehören, wenn man zu einem *Complex*-Konzert ging. Der Bassverstärker brummte übersteuert, als Leoni über einen Kabelstrang in den Vorraum hüpfte. Sie starrte auf das Display. Mist. Das war Betty, nicht Janek. »Schlaf süß, mein kleines Schaf, und bleibe immer brav«, lautete ihre Nachricht. Wie blöd. Ihre Mutter hatte wohl Langeweile, wenn sie um elf schon Gutenachtwünsche reimte. Enttäuscht klickte Leoni sich durch den weiteren Mail-Eingang. Außer einer Info ihres Netzbetreibers war nichts dabei. Ob sie Janek einfach anrufen sollte? Sie hatte überreagiert heute Morgen und sollte sich entschuldigen. Sie wollte Janek wiedersehen, auch wenn er merkwürdig war. Er wirkte gefangen in sich selbst mit seinen unberechenbaren Stimmungen. Als umgäbe ihn eine geheimnisvolle Mauer, die er selbst nicht durchbrechen konnte. Sicher würde es leichter werden mit ihm, wenn sie einander besser kannten. Leoni drückte auf ›Verbinden‹ und wartete.

»Die gewünschte Rufnummer ist vorübergehend nicht erreichbar.« Merkwürdig. Warum hatte Janek nicht wenigstens seine Mailbox eingeschaltet? Ob ihm was passiert war? Vielleicht wollte er einfach nur seine Ruhe haben und lernen. Ach, Mist. Was war nur los mit dem Typen? Leoni beschlich wieder diese Unruhe. Ihr Autopilot zeigte Rot, auch wenn sie das nicht wahrhaben wollte. Etwas war gefährlich an Janek. Und das war nicht bloß Fremdheit.

Es war absolut windstill. Trotzdem bewegte sich das Laub in den Baumkronen. Es raschelte, flüsterte. War da nicht ein grüner Lichtpunkt zwischen den Bäumen? Leoni steckte das Handy weg und ging darauf zu. Dunkel hoben sich die Baumwipfel vor dem grauen Nachthimmel ab.

Der Lichtpunkt war nur noch undeutlich zu sehen. Leoni fuhr herum. Die Hand packte fest zu, zog an ihrer Schulter. Leoni strauchelte rückwärts. Sie fing sich, kam hoch und holte automatisch zum Fauststoß aus.

»Oha, nicht schlecht. Wendo-Grundkurs. Ich bin's bloß!« Diane kicherte. Sie schien reichlich angeschickert, die verschwitzten Haare standen ihr in wirren Büscheln vom Kopf.

»Mensch, hast du mich erschreckt!«

Diane stützte sich am Stamm der Kastanie ab und stemmte eine Hand in die Hüfte.

»Ich muss los. Die Redaktion hat angerufen. Die haben 'ne neue Leiche gefunden. Hier in der Praterau.«

Leonis Magen zog sich zusammen. Sie fühlte, wie das Blut in ihre Beine sackte und ihren ganzen Körper nach unten zog. Es dauerte einen Moment, bis sie wieder einigermaßen klar denken konnte.

»Kann ich mitkommen?« Wie ferngesteuert lief Leoni neben Diane über den Parkplatz.

»Wozu? Bleib lieber da und amüsier dich. Das ist die beste Therapie bei Liebesproblemen. Jetzt glaub doch mal deiner alten Tante!«

Die Fernsteuerung piepte zweimal und alle Lichter von Dianes BMW blinkten auf.

»Ich hab keinen Bock, hierzubleiben. Bitte.«

Rot und orange schimmerten die Lichter, als Diane den Wagen über die Südosttangente auf die Innenstadt zulenkte. Fünfundzwanzig Grad zeigte die Temperaturanzeige oberhalb des Rückspiegels. Leoni hatte schon ganz vergessen, dass es auch noch halbwegs angenehme Temperaturen gab. Das permanente Aufflackern und Erlöschen Tausender Lichter, ihr scheinbar zufälliges Farben- und Formenspiel verlieh der Stadtsilhouette etwas Ruheloses, Unberechenbares. Leoni war das noch nie richtig aufgefallen. Aber nachts war Wien alles andere als die gefällige Touristenmetropole. Wiens nächtliches Gesicht war fratzenhaft und unergründlich.

# kapitel fünf

*Ich seh dich an mit Sternenaugen
und streue Salz auf deine Pfoten
du sitzt still da und lauschst
was hörst du – Liebeslieder, Blutgesang?
Meine Häsin, keine Angst
es tut nicht weh, wenn ich dich schneide*

Stille. Nur das Klacken der Tastatur war hörbar. Diane hatte Leoni erlaubt, ihren Mac zu benutzen. Sie rief die neuesten Meldungen zum Mordfall auf. Vielleicht hatte ihr Gehirn nur schon gelernt, den ewigen Straßenlärm auszublenden, jedenfalls lag etwas Unnatürliches in dieser nächtlichen Ruhe. Die Gardine bauschte sich stumm an der offenen Tür zur Loggia. Eine Achtzehnjährige war in der Nähe der Hauptallee in der Forchgasse tot aufgefunden worden. »Auf grausame Weise hingerichtet mit vierzehn Messerstichen«, schrieb die *Kronenzeitung*. Viel mehr war auch aus dem *Standard* nicht zu erfahren. Im Radio kam einlullender Kuschelrock auf fast allen Sendern. Leoni stützte den Kopf in beide Hände und sah zu, wie das kleine Yellow Cab der Taxiwerbung am Bildschirmrand hin und her fuhr. »Taxi gleich um die Ecke«, hieß es darunter. Leoni rief den Stadtplan auf. Forchgasse. Das war ganz in der Nähe von Janeks

Wohnung. Ob sie es noch mal bei ihm versuchen sollte? Warum war bloß sein Handy die ganze Zeit ausgeschaltet? Leoni stand auf und ging hinaus auf die Loggia. Quietschende Reifen, Motorenlärm, eine Fahrradklingel. Gegenüber war eine Putzfrau bei der Arbeit. Blauer Plastikkittel. Immer noch so eine Hitze. Keine Minute Schlaf würde sie heute Nacht finden. Ruhelos wanderte Leoni zum Kühlschrank und zog ihn auf. Herrlich kalte Eishöhle mit rosaorangem Licht. Sie atmete tief ein und aus und starrte in die neblige Leere zwischen dem Plastikdöschen und der Margarinepackung. Stille. Lähmende Stille. Wie in einem Grab.

Das Handy. Leoni hörte es im Schlaf. Erst ganz weit entfernt. Dann drang das Läuten immer lauter und dringlicher an ihr Ohr. Sie raffte sich auf und taperte zum Stuhl, um es unter ihren Klamotten hervorzuwühlen. Merkwürdig schwebend waren ihre Bewegungen. Zugleich fühlte Leoni, wie ihre Beine, ihr Po und ihr Rücken tiefe Kuhlen in die Matratze drückten. Schwer und bleiern. Und drüben klingelte das Handy. Aber wer war die Person in der anderen Zimmerecke, die unter der Hose und dem T-Shirt herumsuchte? Träumte sie? Gelähmt. Verdammt noch mal, geht da keiner ran? Das Handy klingelte sich um seinen kleinen Verstand und sie lag da wie festzementiert. Leoni riss die Augen auf und schnappte nach Luft. Stille. Das Handy hatte nicht geläutet. Aber sie hatte es deutlich gehört. Verwirrt richtete sie sich auf. Halb elf. Das Handy lag direkt neben ihr. Von Diane keine Spur. Leoni krabbelte aus dem Bett und ging rüber in das Zimmer ihrer Tante. Leer.

So weit war das schon mal geklärt. Ihre Schritte fühlten sich wacklig an. Verdammter Kreislauf. Sie griff nach dem halb leeren Wasserglas auf dem Schreibtisch. Der Zungengrund schmerzte beim Schlucken. Dann läutete das Handy.

»Noah, ja, hi. Ist Janek bei dir?« Er klang atemlos.

»Nee, wieso?«

Leoni setzte sich auf den Parkettboden. Die Kühle beruhigte sie.

»Hier war ein Anruf für ihn von der Uni. Klang wichtig. Janek hat sein Handy aus. Ist irgendwie komisch. Er ist seit gestern weg. Einfach verschwunden. Ich dachte, du weißt vielleicht, wo er ist.«

»Nee. Sorry, keine Ahnung.«

»Hm. Blöd. Sonst sagt er immer, wo er hingeht, oder er schreibt einen Zettel. Ich hab deine Nummer auf seinem Schreibtisch gefunden. Sorry, ist eigentlich nicht meine Art, einfach anzurufen. Aber ich mach mir echt Sorgen.«

»Ja, versteh ich.«

»Also, falls du ihn siehst, sag ihm, er soll sich melden.«

»Klar. Mach ich.« Sie legte auf. Doof, wie wortkarg sie gewesen war. Aber sie hatte nicht mehr sagen können. Ihr Puls raste und gleichzeitig sackte ihr das Blut aus dem Kopf. Leoni blieb sitzen und schnaufte. Sie ging ins Menü und rief entgangene Anrufe auf. Aber das gab's doch gar nicht! Das Handy hatte vorhin tatsächlich geläutet. Noah hatte schon einmal angerufen. Ob das vom Kreislauf kam, dass sich Traum und Wirklichkeit vermischten? Sie wählte Dianes Nummer. Ihre Stimme klang rostig. »Eigentlich bin ich schon auf dem Heimweg, Schatzi. Hier hat die ganze Nacht der Bär gesteppt. Ich muss mich gleich hinlegen.«

Schwarze Locken, rundes Kinn, entschlossener Blick. Die Zeitungen waren voll von Leonis Ebenbild. Das zweite Opfer war dem ersten wie aus dem Gesicht geschnitten. Leoni drehte am Zeitungsständer in der Opernpassage und ihr Blick glitt die Zeilen des *Kurier* entlang. Wieder war ein Gedicht neben der Leiche gefunden worden. Wieder eines von Malevic. Diesmal über Sternenaugen. Die Polizei ging davon aus, dass es sich um einen Serientäter handelte. Leonis Gesicht spiegelte sich im Auslagenfenster. Direkt neben ihr sah sie das Zeitungsbild des Mordopfers. Leoni drehte ein wenig den Kopf. Schwarze Locken, rundes Kinn, entschlossener Blick. »Geben Sie auf sich acht!« Die alte Frau aus dem Zug fiel ihr ein. Mit einem Mal war Leoni der Ernst der Lage klar. Das war nicht einfach eine lapidar hingekritzelte Nachricht auf einer Serviette. Es war eine Warnung von höchster Dringlichkeit.

In der Spiegelung der Scheibe nahm Leoni ein Augenpaar wahr. Sie drehte sich um.

»Host an Eurooo?«

Die vierte Apotheke hatte sie jetzt schon abgeklappert. Aber Rescue-Tropfen waren nirgends zu haben. Schließlich entschied Leoni sich für Herz- und Nerventropfen, die es in einer wunderbar altmodischen Verpackung mit einem flammenden Herzen darauf gab. Dreißig Tropfen, dreimal am Tag. Sie las den Beipackzettel auf einer Parkbank im Schatten. Leoni hielt die Öffnung des Fläschchens über ihre ausgestreckte Zunge.

Da kündigte das Handy eine SMS an.

Janek! Leoni schraubte hastig das Fläschchen zu und las.

»Hast du Lust auf eine Überraschung? Komm ins *Milchkandl*. Ich warte auf dich.« Ihr Herz pochte aufgeregt. Klar hatte sie Lust. Zugleich schaltete sich Leonis innere Stimme ein. Irgendetwas war merkwürdig an dieser Einladung. Erst komplette Funkstille, dann wollte er sie sofort sehen. Sie sollte vorsichtig sein. Großer Konfuzius. Schön, es war ein weiterer Mord geschehen. Und ja, das Mädchen sah ihr ähnlich. Aber das war kein Grund, Panik zu schieben. Mit Janek hatte das nichts zu tun, oder? Er hatte sie zu einem Treffen im Kaffeehaus eingeladen und nicht zu einem nächtlichen Gruftbesuch. Warum also nicht hingehen? Und das mit der Überraschung klang doch niedlich.

Tische, Böden, Stühle, Wände – alles in diesem Lokal war weiß. Auch der Tresen und die großen Milchflaschen in den Regalen dahinter. Abwechselnd wurden sie rosa und hellblau beleuchtet. Janek saß am Tresen und winkte, als Leoni hereinkam. Vor ihm standen zwei leere Espressotassen. Die Bedienung war gerade dabei, sie abzuräumen. »Hey, cool, dass du kommen konntest. Ich hab was Tolles für dich.« Seine Moosaugen schimmerten. Er wirkte verändert. Erholt und nicht so zerfahren wie gestern. Leoni setzte sich auf den Hocker neben ihn. Janek nahm ihre Hand. Er lachte, und es sah so aus, als ob er etwas sagen wollte, aber nicht wusste, wie. Leoni schaute unsicher weg. Außer ihnen waren nur zwei Leute im Lokal. Eine Frau mit einem kleinen Kind im Kinderwagen und die Bedienung.

»Ich bin eigentlich fertig. Wir können auch gehen.«
»Ich dachte, wir wollen reden.«
Leoni fühlte wieder Unbehagen in sich hochsteigen.
»Klar, machen wir. Aber erst muss ich dir was zeigen.«

Verwirrt sah Leoni zu, wie Janek vom Hocker rutschte. Gut gelaunt hakte er sich bei ihr ein. Leoni zögerte. Sie wusste nicht, warum, aber sie hatte das intensive Gefühl, dass es besser war, hier drin zu bleiben. In der Sicherheit dieser merkwürdig weißen Bar.

»Es ist wahnsinnig heiß draußen. Außerdem hab ich was von einer Überraschung gelesen.«

Janeks Lippen spitzten sich. Er überlegte.

»Du kannst also nicht warten?«

Leoni fühlte, wie sie sich versteifte. Janek ließ ihren Arm los.

»Okay. Also dann!«

Er griff in seine Umhängetasche und zog ein gestreiftes Päckchen heraus.

»Bitte schön.«

Mit weit ausholender Bewegung legte er das Päckchen in Leonis Hand. Es wog schwer und fühlte sich fest an.

»Was ist das?«

»Mach halt auf.«

Leoni schüttelte das Päckchen und wog es.

»Ein drittes Auge. Brauchst du vielleicht.«

Leoni zögerte. Dann riss sie das Papier ab. Innen war das Ding noch mal mit luftgepolsterter Plastikfolie umhüllt. Leoni ahnte etwas. Aber das war doch nicht …

»Cool. Eine Digicam.«

Janek strahlte.

»Ich dachte, die alte Leica ist doch manchmal zu umständlich.«

»Wieso schenkst du mir das? So ein Ding ist schweineteuer.«

»Die ist gebraucht, aber wie neu. Leider ist keine Tasche dabei. Ich dachte, du freust dich.«

Es war ein süßes kleines Ding. Nicht größer als eine Zigarettenschachtel, aber ausgestattet mit feinster Technik. Die Kamera surrte und fuhr das Objektiv aus, als Leoni sie anschaltete. Sie hielt den Sucher vors Auge und zoomte die Milchflasche im Regal heran. Sie waren gar nicht voll mit Milch, sondern bloß mit weißer Farbe bemalt.

Leoni setzte die Kamera ab.

»Trotzdem. Ich kann das nicht annehmen. Wir kennen uns noch gar nicht so lange.«

Janek heftete konzentriert seinen Blick auf die weiße Theke, als erschiene dort sein Text in Geheimschrift.

»Ich hab mich blöd benommen gestern«, sagte er leise. »Ich wollte mich entschuldigen.«

Das kleine Kind begann herzzerreißend zu schreien. Die Frau hob es aus dem Kinderwagen und wiegte es auf ihrem Arm.

»Wo warst du letzte Nacht überhaupt? Noah hat mich angerufen. Er hat sich Sorgen gemacht.«

»Neugierig wie ein Spitzel. Der Typ sollte zum Geheimdienst.« Janek zog sie sanft vom Hocker. »Komm, Leoni. Ich erklär dir alles. Aber nicht hier.« Das Kindergeschrei war inzwischen ohrenbetäubend.

Sie nahmen die Straßenbahn zum alten Krankenhaus. Die ganze Fahrt über redete Janek ohne Unterbrechung. Genau wie an dem Tag, als sie einander im Zug begegnet waren. Dass es überhaupt keinen wichtigen Anruf von der Uni gegeben hätte und dass Noah zwar ein feiner Kerl, aber in seiner Fürsorge eben total übergriffig wäre. »Wenn was Außerplanmäßiges passiert oder du zu spät kommst, macht er sich Sorgen und rastet aus. Ich muss ihn jedes Mal anrufen, wie früher bei meiner Mutter. Die totale Überwachung. Der Typ ist irgendwie krank.«

Leoni verzog skeptisch den Mund. Noah hatte auf sie eigentlich ganz locker und gar nicht zwanghaft gewirkt.

»Bist du gestern deshalb so ausgerastet, wegen Noah?« Janek drückte auf den Türöffner. Sie stiegen aus.

»Nein, das heißt ... guck mal, es ist gleich da drüben.«

Janek zeigte auf eine lang gestreckte graue Steinmauer, die entlang der stark befahrenen Straße verlief.

»Es liegt daran ... es ist der Stress mit der Anatomieprüfung. Ich bin ziemlich sicher, dass ich's nicht schaffe. Da kann Noah zehnmal sagen, es ist ganz leicht, du musst nur systematisch lernen. Aber es geht nicht rein in meinen Schädel. Ich bin schon ganz verrückt davon.«

Am Portal des Krankenhauses blieb Janek stehen. »Ich bin einfach komplett am Ende. Zu viel Stress, weißt du. Ich merk mir nichts mehr. Und dann kann ich nicht schlafen. Und wach bin ich auch nicht mehr richtig.« Er ging eine Weile stumm weiter und wischte mit dem Handrücken über seine Augen. Hinter dem eher schlichten Holztor lagen zauberhafte Gärten – mit Springbrunnen, kegelförmig beschnittenen Sträuchern und Laubengängen. Der helle Kies knirschte, als sie zwischen Heckenlabyrinthen und idyllischen Sitzecken von einem Garten zum nächsten wanderten.

»Das alte Krankenhaus«, erklärte Janek und zeigte auf die in einem weiten Rechteck angeordneten Gebäude. »Früher war es ein Militärkrankenhaus, heute gehört es zur Uni. Die Gärten sind fantastisch, oder?«

Janek lächelte, als er sah, dass auch Leonis Stimmung sich aufgehellt hatte. Er war einfach rührend. Leoni blieb stehen. Am liebsten hätte sie Janek umarmt und fest an sich gedrückt. Stattdessen griff sie nach seiner Hand. Weich und kühl fühlte sie sich an. Janek erwiderte sanft ihren Druck, seine Finger streichelten zärtlich über ihren Handrücken.

Blöd, dass alle Bänke zwischen den Hecken belagert waren von Studenten, die essend und quatschend Pause machten. Janek zog sie zu einer Durchfahrt, hinter der sich ein weiterer Garten auftat. Auf einer hügelartigen Freifläche wuchs ein breiter Turm aus dem Rasen. Die dunkelgrauen Steinquader, aus denen er gemauert war, und seine vergitterten Fenster ließen ihn wie ein Gefängnis aussehen.

»Der ist später dazugebaut worden. Eine Irrenanstalt. Heute ist das Zentrum für Gehirnforschung drin. Aber die ziehen bald um.«

Leoni zückte die Kamera und betrachtete das Gebäude durch den Sucher. Es war faszinierend und abstoßend zugleich. Die unteren Stockwerke bestanden aus massiven Gesteinsblöcken, die darüberliegenden aus einfachen Ziegeln. Das Gebäude vermittelte den Eindruck, dass es sich bei Geisteskrankheiten um Menschen handelte, die auf keinen Fall in Kontakt zum Rest der Welt kommen durften. Durch den Zoom war zu sehen, dass die Steine um die schmalen Fensterrahmen kaputt und abgeschlagen waren. Leoni schauderte bei der Vorstellung, wie dickleibige Pfleger Patienten bei Ausbruchsversuchen brutal von den Fenstern zurückrissen und sie in Zwangsjacken steckten.

»Freiwillig möchte ich mich hier nicht behandeln lassen«, stellte sie fest. Janek setzte ein zerknirschtes Gesicht auf und grinste. Leoni hob schnell die Kamera und schoss ein Foto von ihm. Dann fotografierte sie eine Totale vom Narrenturm, wie Janek das Gebäude nannte. Ganze zwei Mal musste Leoni den Turm umrunden, bis sie in einer Mauernische die kleine Eingangstür aus grün gestrichenem Metall entdeckte.

»Da kommt keiner so leicht raus, wenn er erst mal drin ist.«

Janek stand mit den Händen in den Hosentaschen daneben und lachte. »Stimmt. Da drin hab ich mich auch schon verlaufen. Das Gängesystem ist total verwirrend. Nicht mal die Oberärzte wissen genau, wo welche Behandlungsräume liegen.«

Leoni bemerkte eine Gruppe Studenten, die in Janeks Rücken im Gänsemarsch die Wiese überquerten. Ein Junge mit einer Zeitung unter dem Arm blieb stehen und winkte herüber.

»Das ist Jawid.« Janek winkte zurück. »Warte. Ich bin gleich zurück.« Leoni verstaute die Kamera in ihrem Rucksack und sah Janek nach. Er flachste und lachte und Jawid schlug ihm im Spaß mit der Zeitung auf den Kopf. Sie standen eine Weile und redeten und gestikulierten. Dann plötzlich kippte die freundschaftliche Atmosphäre zwischen den beiden. Janek riss Jawid die Zeitung aus der Hand und brüllte auf ihn ein. Jawid hob beruhigend beide Hände und wich ein paar Schritte zurück. Aber Janek ließ nicht von ihm ab. Er schrie ihn an, packte ihn und hieb mit der Faust auf ihn ein. Leoni ließ den Rucksack stehen und sprintete zu den beiden hinüber. Jawid hatte schützend die Unterarme vor den Kopf genommen, während Janek mit beiden Fäusten weiter auf ihn eindrosch.

»Janek, hör auf! Spinnst du? Janek!«

Besinnungslos hieb Janek weiter und weiter auf Jawid ein.

»Aufhören. Stopp!« Leoni riss an Janeks Arm und zog ihn von Jawid weg. Janek keuchte. Er starrte Leoni an, als würde er aus einem Traum erwachen.

»Scheiße. Das wollte ich nicht, glaub mir. Jawid, ist alles okay?« Jawid nahm die Arme vom Gesicht. Er machte einen vollkommen fassungslosen Eindruck.

»Ich glaub das nicht, Janek. Bist du bescheuert?«

»Ehrlich, ich wollte nicht ...«

Janek torkelte rückwärts. Für einen Moment fing Leoni seinen Blick auf. Ein stummer Hilfeschrei lag in seinen Augen. Etwas in Leonis Brust krampfte sich schmerzhaft zusammen. Abrupt drehte Janek sich weg und rannte davon.

Für den Bruchteil einer Sekunde fühlte Leoni den Impuls, ihm hinterherzurennen. Aber Jawids Anblick, der unbeholfen und wie unter Schock die Teile seiner Zeitung vom Rasen aufsammelte, hielt sie davon ab.

»Ist dir was passiert?«

Er richtete sich auf und befühlte seine Nase.

»Glaub nicht. Dieser Idiot. Der ist total ausgerastet.«

Leoni bückte sich nach der zerfledderten Titelseite. Das Foto von dem Mordopfer war darauf.

»Da! Als er das Bild gesehen hat, ist er ausgeflippt«, erzählte Jawid. »Und dann hat er rumgebrüllt. ›Scheiße, ich war's nicht. Ich war das nicht.‹ Immer wieder.«

Leoni betrachtete das großformatige Foto des Mädchens. Ihre dunklen Locken quollen unter einer Schirmmütze aus weichem Stoff hervor. Eine ganz ähnliche hatte Leoni auch einmal besessen. War das Zufall?

»›Klar, Mann, reg dich ab‹, hab ich gesagt.« Jawid redete aufgeregt weiter. »›Klar warst das nicht du.‹ Aber er hat einfach nur draufgehauen.« Schweißperlen hingen im Bartflaum über seiner Oberlippe.

Leoni kramte eine halb leere Packung Papiertaschentücher aus dem Rucksack und hielt sie Jawid hin. »Kennst du Janek schon lange?«

»Ich? Nee. Eigentlich gar nicht. Wir lernen zusammen. Anatomie.«

# kapitel sechs

*Ihre Küsse schmeckten bitter vor Blut. Ich hab meine Hände drin gebadet bis zu den Ellenbogen. Trotzdem hat es nicht geprickelt. Das Luder war so still, hat nicht gekämpft um sein Leben. Sie hat mich bloß angestarrt, mit weit aufgerissenen Augen. Aber ich habe geübt an der Kleinen. Und ich weiß, wozu. Seit ich sie gesehen habe, ist mein Herz ruhelos. Mit ihr wird es garantiert wie beim ersten Mal. Noch viel schöner. Atemberaubend. Du kämpfst um dein Leben, das weiß ich. Meine Schöne, mein Mädchen aus dem Norden.*

Die Tür war angelehnt. Leoni erkannte Noahs Stimme. »Das bildest du dir ein, glaub mir. So ein Schwachsinn! Überleg mal. So was passiert doch nicht im Schlaf.«

Leoni zog vorsichtig die Tür auf. Jetzt war auch Janeks Schluchzen zu hören. Noah saß auf dem äußersten Bettrand. Als er Leoni kommen hörte, wandte er sich um.

»Leoni ...«

Noah stockte. Er fuhr sich mit beiden Händen durch seine ungekämmte Haarmähne.

»Gut, dass du kommst.«

Janek saß in der Mitte des Betts und starrte zum Fenster.

Tränen liefen über seine Wangen. Er blieb stumm und reglos, als Leoni langsam näher kam.

»Sprich du mit ihm.« Noah stand auf und legte Leoni seine Hand auf die Schulter. »Auf dich hört er vielleicht.«

Langsam, wie in Trance lenkte Janek seinen Blick in Leonis Richtung.

»Janek. Was ist los?«

Fast unmerklich begann Janek mit dem Kopf zu wippen.

»Das Mädchen in der Zeitung. Und du siehst ihr so ähnlich.« Seine Stimme klang, als wäre er weit weg. Ein Zittern durchlief seinen Körper.

»Ich habe sie umgebracht. Ich weiß, ich bin es gewesen. Es war wie im Traum.«

Leoni fühlte ihr Gleichgewicht wie in einer Spirale nach unten sacken. Alles um sie drehte sich. Sie stützte sich an der Bettkante ab. Noah zog sie am Arm hoch.

»Dieser Depp will, dass ich die Polizei rufe. Er will sich stellen. Er behauptet, er hat das Mädchen umgebracht. Er ist verrückt. Janek?«

Janek hörte auf, den Kopf zu bewegen.

»Die Klamotten! Wo ist mein weißes Hemd hingekommen?«

Noah warf Leoni einen bestätigenden Blick zu.

»Die Jeans, mein Hemd. Alles voll Blut. Ich wollte das nicht, Leoni, aber ich musste.«

Janek saß aufrecht mit untergeschlagenen Beinen da. Er wirkte mit einem Mal entspannt und freundlich, wenngleich das, was er erzählte, ihm selbst blankes Entsetzen in die Augen trieb. »Ich hab die geschlachtet, wie einen Hasen. Mitten im Park, unter den Kastanien.«

Leoni hielt das Gestänge des Fußendes umklammert. Ihre Knöchel waren weiß wie Kiesel. Auch Noah wirkte ziemlich blutleer.

»Aber das stimmt nicht, Janek. Das bildest du dir ein«, flüsterte er.

Janek lächelte entrückt.

»Nein. Ich war das. Ich ...«

Janek schlug die Hände vors Gesicht und wiegte den Oberkörper vor und zurück. Leise begann er zu wimmern.

»Bitte, ruf die Polizei! Bitte.«

Noah zuckte hilflos mit den Achseln. Dann ging er hinaus.

Janeks Wimmern ging über in Schluchzen. Leonis Kopf fühlte sich taub an, leer. Es war einfach unglaublich. Auf dem Flur gab Noah seine Adresse am Telefon durch. Seine Stimme klang genervt. Scheinbar musste er Überzeugungsarbeit leisten, um die Beamten zu mobilisieren.

Das Zimmer, Janek auf seinem märchenhaften Messingbett, die Fotos, die zähnefletschenden Strichmännchen an den Wänden, der zugemüllte Schreibtisch, das alles driftete immer weiter weg von Leoni. Wie durch eine Nebelwand drang Noahs Stimme zu ihr. Das hier war nicht echt. Und sie, Leoni, hatte damit nichts zu tun. Klar, das war ja auch nicht ihr wirkliches Leben. Sie war in einen Film geraten. In einen Film über ihre Ferien in Wien.

»Schscht. Ganz ruhig, Janek.« Es klang, als würde Noah ein Raubtier beruhigen. »Sie sagen, sie brauchen fünf Minuten. Ich bin sicher, du bildest dir alles nur ein.«

Janek hob den Kopf. Sein Gesicht war nass und verquollen.

»Nein. Das Bild in der Zeitung. Ich bin sicher. Ich war das.«

Seine Augen bekamen einen harten, metallischen Schimmer. »Ich hatte ein Messer, scharf wie ein Skalpell. Das stach zu wie nichts. Dreizehn-, vierzehnmal. Hinterher hab ich's in die Mülltonne geworfen. Und das ganze Blut. Über und über voll Blut.«

In Leoni stieg Übelkeit hoch. Ein merkwürdiges Zittern saß in ihrem Magen. Janek drehte die ausgestreckten Hände nach oben. Sein Mund bebte vor Abscheu.

Warm und zärtlich hatte sich Janeks Hand gerade noch in ihrer angefühlt. Wie konnten sie voll Blut gewesen sein?

Noah berührte sanft Leonis Schulter. Da, wo seine Hand auf ihrer Schulter lag, strömte sämtliche Kraft aus Leonis Körper. Leoni zog sich an Noah hoch. Als ihre Beine zitterten, hielt er sie fest. Kurz lehnte Leoni sich an ihn. Es tat gut, von ihm gehalten zu werden. Dann hörte sie die Polizeisirenen. Sie kamen rasch näher. Autotüren knallten und Stimmen hallten von der Straße herauf.

Ihre Füße brannten. Zwei Stunden war sie einfach nur gelaufen, gehetzt, gerannt. Ohne Plan, ohne Ziel. Durch staubige Häuserschluchten, über glutheiße Plätze, verbrannte Wiesen und Parks mit verkümmerten Bäumen. Irgendwann hatte sie sich aufs Geratewohl in eine Straßenbahn gesetzt. Sie musste am Belvedere ausgestiegen sein. Jetzt saß sie erschöpft an einem der Steinlöwen auf der schattigen Treppe. Weißer Dunst verschleierte die Stadt. Unwirklich und weit, wie eine Filmkulisse. Aber das da unten war ja nicht Wien. Und Janek kein Mörder. Er hatte das Mädchen nicht umgebracht. Ein Mädchen mit dunklen Locken, schwarzen Augen und diesem weichen Kinn. Janek ist kein Mörder. Janek kann es nicht getan haben. Das klang, als ob in der ständigen Wiederholung eine fremde Stimme zu ihr spräche, die versuchte, ihr einzubläuen, was sie selbst nicht richtig glaubte. Wie ein Mantra wiederholte sie immer und immer wieder: Janek war es nicht. Er kann es nicht gewesen sein. Und doch. Der Mord war in unmittelbarer Nähe von Janeks Wohnung geschehen. Und sein Handy. Es war die ganze Nacht lang ausgeschaltet. Wo war Janek vergangene Nacht gewesen? Hatte sie nicht von Anfang an gespürt, dass etwas Geheimnisvolles, Merkwürdiges von ihm ausging? Schon wie er sie im Zug angestarrt hatte. Mit diesem Stielkamm in der Hand. Als wolle er damit auf sie losstürzen. Konnte sie so blind sein? Die ganze Zeit über waren sie allein miteinander gewesen, an der Donau, im Prater. Das Mädchen – es sah ihr so ähnlich. Aber wenn er sie hätte umbringen wollen, warum hatte er es nicht getan? Leoni fröstelte. Ihre Hände waren eiskalt und schweißnass.

Niemand hätte sie schreien hören. Sie hätte keine Chance gehabt. Ausgerechnet sie, die Gefahren ahnte und vorhersah. Dass sie sich einfach so auf diesen Typen einlassen konnte.

»Ich wollte das nicht.« Janek hatte so verzweifelt ausgesehen, aber er war vielleicht ein Mörder. Sie musste sich damit abfinden. Konnte sein, dass die Polizei sie zu einem Verhör bestellen würde. Der Kommissar war nett, kurze graue Haare, Lachfalten um die Brillenränder. Sie sollte sich bereithalten, hatte er gesagt. Er hieß Thiel. Ganz behutsam hatte er Janek bei der Verhaftung unter den Arm gefasst. Als würde er etwas Zerbrechliches berühren. Alles lief in vollkommener Ruhe ab. Wie in einem Film mit ausgeschaltetem Ton. Noah hatte für Janek eine Tasche mit Wäsche gepackt und war mit zum Einsatzwagen gegangen. Leoni hatte sich an Janeks Schreibtisch gesetzt und ein aufgeschlagenes Buch unter dem Stapel hervorgezogen. Arthur Malevic. *Das Unschuldsbiest.* »Du solltest hier besser nichts anrühren. Die Spurensicherung kommt gleich noch«, hatte Noah gesagt.

Dann waren sie in die Küche gegangen und Noah hantierte mit dem Espressokocher. »Janek hat vielleicht 'nen Knacks, aber ein Mörder? Der ist ein total lieber Kerl.« Leoni nickte mechanisch. Sie wollte einfach nur allein sein. Laufen.

Schwarzer Hut, schwarze Sonnenbrille, schwarzes Hemd. Schweißüberströmt keuchte er von einem Text zum nächsten. Seine Schläfen glitzerten. Unter den Achseln wuchsen dunkle Flecken.

»Hast, Hast, Hast!

Hast kommt von Hassen, Hassenhassenhassen.

Hast du mich, hast du, hast du mich lieb?«

*Knochenbrecher* hieß das Gedicht und es war abscheulich und schön zugleich. Wie die meisten Zuhörer im engen Kellertheater saß Leoni angespannt und aufrecht. Ihre Hand knetete die rote Eintrittskarte mit der Tuschezeichnung eines Hahns darauf. *Mordbube* nannte sich das Programm, und Leoni begann, immer mehr zu begreifen, worin die Faszination von Malevic und seinen Texten bestand. Es war nichts anderes als pure Aggression. Eine verletzte Seele, die sich frei schrie, frei brüllte von ihrem Schmerz, dabei Vokale zerfetzte, Konsonanten zersplitterte und Sätze in die Luft warf. Malevics Vortrag war Heulen, Stöhnen, Kreischen, Jammern. Dabei malträtierte er das fragile Holztischchen vor sich so heftig, dass Leoni mehrmals den Kopf einzog, weil sie fürchtete, es würde von der Bühne kippen und ins Publikum stürzen. Immer, wenn Malevics Vortrag abebbte und ein Text zu Ende war, erfasste der Scheinwerfer die beiden Musiker im Bühnenhintergrund. Der hagere Alphornbläser und ein Bandoneonspieler griffen die sprachlich erzeugte Stimmung auf und spannen sie auf ihre eigene, höchst skurrile Art fort.

»Todesdruck, Nagel im Kopf, Maden im Kopf, Magen im Kropf«, feuerte Malevic seine Verse ins Publikum. Dann stand er unvermittelt auf und schwieg. Nach einigen Sekunden Stille verließ er mit stampfenden Schritten die Bühne. Verstört über den jähen Abbruch der Lesung, wandten einige Zuhörer ihre Köpfe, andere klatschten oder buhten. Leoni sah sich verwirrt um.

»Wollen Sie was trinken? Einen Wodka Feige vielleicht? Ich finde, es gibt nichts Passenderes.«

Der Mann neben Leoni hatte sich erhoben. Er hieß Gulbranson und steckte in einem grauen Anzug, der seine schlaksigen Beine betonte. Er war Malevics Agent. Die Karte für die Lesung hatte er Diane als Dankeschön für ihren Artikel über Malevic zugeschickt. Natürlich hatte Diane selbst keine Zeit gehabt, zu kommen. Sie war im Jagdfieber. Die Nachricht über den Medizinstudenten Janek Weber, der sich zu den Mädchenmorden bekannte, verbreitete sich wie ein Lauffeuer.

»Also, was ist?« Gulbranson nestelte an seiner roten Fliege.

»Der kommt nicht wieder. Fünfundvierzig Minuten und keine Sekunde länger.« Gulbranson machte sich gleichmütig zwischen pfeifenden und klatschenden Fans in Richtung Foyer davon. Leoni folgte ihm. Der ölige Holzboden, die dunkle Täfelung der Wände und das Gestühl des alten Kinos trugen einen süßen, schweren Duft in sich. Draußen ließ Gulbranson sich von der Barfrau etliche Gläser Wodka auf einem Tablett geben. Leoni bestellte Wasser. Eigentlich wollte sie nichts anderes als schlafen, als sie abends Dianes Wohnung erreichte. Aber es war ihr nicht möglich gewesen, Ruhe zu finden. Wie ein Kettenfahrzeug rollten die Gedanken durch ihren Kopf. Janek war ein Mörder! Leoni wollte Rita anrufen. Sie war die Einzige, mit der sie über Janek hätte reden wollen. Überall hatte sie nach ihrem Handy gesucht. Im Rucksack, in ihren Shorts, überall in der Wohnung. Nichts. Das Ding war weg. Es war zwar bloß Paps' altes Motorola, aber der Verlust war bestürzend. Leoni hatte sich damit getröstet, dass sie es sicher in Janeks Küche vergessen hatte.

Gulbranson zog das Tablett mit den Getränken vom Tresen und balancierte es auf die Tür mit dem winzigen Glasfenster zu. Leoni überlegte, ob sie sich einfach verabschieden und nach Hause gehen sollte.

Da wies Gulbranson mit dem Kinn auf den Türknauf. Leoni zog sie höflich auf und Gulbranson schlüpfte in den schmalen Gang dahinter. »Arthur ist in einer miserablen Verfassung. Seit Wochen. Er schläft nicht, trinkt, und dann der Mord. Obwohl – was Besseres hätte uns natürlich nicht passieren können. Die Japaner sind seither wie verrückt nach den Übersetzungsrechten. Die Ungarn auch. Vier Agenturen haben heute bei mir angerufen.«

Die Luft in dem schlauchartigen Gang roch muffig. Alte Elektrokabel verliefen in dicken Strängen in Kopfhöhe und doch gab es nicht die kleinste Lichtfunzel hier drin. Leonis Füße stolperten über den unebenen Boden, während Gulbranson plappernd mit seinem Tablett voranschritt. »Er schreibt ja praktisch nur nachts, der Arthur. Am Tag muss er leben. Schlaflosigkeit. Das ist chronisch bei ihm. Fluch und Segen zugleich. Er ist produktiv, aber ständig kurz vor dem Zusammenbruch.«

Sie passierten die Rückseite der Bühne und etwas Licht fiel herüber. Gulbranson hielt an einer kleinen Tür und hämmerte mit der Schuhspitze dagegen. Augenblicklich wurde die Tür aufgezogen und der Bandoneonspieler quetschte sich samt Instrumentenkoffer an ihnen vorbei.

»Ihr müsst aufpassen. Der spinnt total heute. Dem Gustav hat er eine Ohrfeige verpasst«, raunte er. Dann verschwand er. Gulbranson sah Leoni an.

»Wenn Sie ein Autogramm wollen, kommen Sie vielleicht besser morgen direkt zu mir. Jetzt nicht, klar?«

»Klar«, wiederholte Leoni. Der Gedanke an ein Autogramm war ihr bis zu diesem Moment noch gar nicht gekommen. Aber die Möglichkeit, das Enfant terrible Malevic persönlich kennenzulernen, versetzte ihre Nerven auf angenehme Art in Schwingung. Neugierig spähte sie über Gulbransons Tablett hinweg in den Garderobenraum. Mit dem Rücken zu ihr saß Malevic zusammengesunken vor dem Spiegel. Der schwarze Hut, den er während der ganzen

Lesung nicht abgesetzt hatte, saß schief. Wie eine Marionette, dachte Leoni, der man die Fäden durchgeschnitten hatte. Eine einzige Glühbirne war über dem Schminkspiegel in Betrieb. Gulbranson stellte lautlos das Tablett neben ihm ab.

»Stören wir? Ich hab jemanden mitgebracht. Einen Fan. Übrigens, der Pressemensch von der Ziegelei wartet drüben wegen dem Interview. Ich hol ihn, wenn du willst.«

Malevic richtete sich auf und steckte eine selbst gedrehte Zigarette zwischen die dunkelroten Linien seiner Lippen. Sein Boxergesicht mit der breiten Nase wirkte aufgedunsen. Die Hutkrempe warf einen dunklen Schatten über seine Augen, aber Leoni wusste, dass er sie aufmerksam fixierte.

»Sag dem Pressedepp, er soll scheißen gehen.«

Malevic förderte ein Feuerzeug zutage und zündete seine Zigarette an. Sein Gesicht war unrasiert und voller Pockennarben. Trotzdem ging ein geheimnisvoller Sog von ihm aus. Gulbranson war mitten im Raum stehen geblieben und wandte sich zu Leoni um. Sie kam sich albern vor, weil sie nicht wusste, ob das als Zeichen gemeint war, näher zu kommen oder abzuhauen. Malevic legte den Kopf in den Nacken und stieß Rauch aus. Wie ein Nebelschleier wanderte er an der Oberfläche des Spiegels entlang aufwärts. Obwohl er sie zuvor auf der Bühne fasziniert und in Bann gezogen hatte, fand Leoni sein Gehabe affig und aufgeblasen. Vor allem das untertänige Getue, das Gulbranson um ihn herum veranstaltete, nervte. Leoni ging auf Malevic zu und streckte einfach die Hand aus.

»Hallo. Ich bin Leoni Weißflog.«

Im Spiegel konnte sie ihre gebräunten Arme und Schultern sehen, die aus dem engen Tanktop herausragten. Darüber das runde Kinn und ihre entschlossenen Augen.

Malevic hob aufmerksam den Kopf. Er schüttelte ihre Hand und zog sie dabei zu sich hin.

»Schwarze Locken ...«

Seine Stimme klang rissig.

»Das ist die Nichte von Diane Weißflog. Die Frau vom *Chat*. Weißt schon.«

Malevic nickte. Seine Lippen bildeten einen Strich, der wohl als Lächeln gemeint war.

»Meine Tante konnte nicht kommen. Aber sie hat sich sehr über Ihre Einladung gefreut.«

Malevic ließ ihre Hand los. Unangenehm nass und zerdrückt fühlte sie sich an.

»Ja, schön. Schön, dass Sie da waren.«

Leoni steckte beide Hände tief in die Taschen ihrer Baggypants und ballte sie zu Fäusten. Nichts wie raus hier, weg von diesem lechzenden alten Wolf. Er schien ihre Gedanken zu erraten und zog böse die Augen zusammen.

»Ich bin jetzt sehr müde, wenn Sie das verstehen.« Er warf die halb gerauchte Zigarette in ein Schnapsglas. »Also bitte. Raus hier.«

»Ist ja gut, Arthur. Sie geht ja schon!« Gulbranson schob Leoni zur Tür.

»Wiedersehen, schleich dich.« Malevic erhob sich. Er war angespannt, wie ein Raubtier vor dem Angriff.

»Ich bin der Manfred von der Ziegelei.«

Leoni schrak herum. Ein junger Typ mit hellen Bürstenhaaren stand in der Tür und versuchte ein gewinnendes Grinsen. »Ich komm wegen dem Interview.«

»Schleicht's euch alle, Arschlöcher. Raus mit euch! Alle, raus jetzt!« Malevics Stimme überschlug sich wie ein übersteuertes Mikro.

Manfred grinste einfach weiter. Leoni schlüpfte an ihm vorbei nach draußen. Dabei erhaschte sie einen letzten Blick auf Malevic. Seine Faust sauste durch die Luft und landete klatschend mitten im Gesicht des jungen Journalisten.

»Diane?«

Der matte Schein der Stehlampe lag auf ihren karierten Hemdschultern. Dianes Wange war auf die gefalteten Hände auf dem Schreibtisch gebettet.

»Diane!«

Sie schrak hoch und wandte sich Leoni zu. Ihre Augen waren geschwollen.

»Mensch. Ich hab dich gar nicht kommen hören.«

Leoni setzte sich ihr gegenüber auf die Armlehne des Sofas. »Hast du geschlafen?«

Diane antwortete nicht. Ihr Blick blieb an Leonis Schnürstiefeln hängen. Sie zog die Stirn kraus.

»Deine Schuhe kannst du hier drin aber ausziehen.«

Leoni verschränkte die Arme.

»Wir müssen reden.«

Diane hob die Espressotasse vom Schreibtisch. Enttäuscht stellte sie sie zurück – sie war leer.

»Leoni, ich muss das bis morgen fertig haben.«

»Aber es ist dringend.«

»Ich muss arbeiten.«

Leoni stieß sich vom Sofa ab und schob ihr Gesicht dicht vor Dianes.

»Diane, jetzt hör mir mal zu.«

Diane lehnte sich zurück und verschränkte die Arme.

»Also?«

Leoni betrachtete ihre auf die Schreibtischplatte gestützten Hände. Verdammt, wie sollte sie alles in Worte fassen und logisch erklären? Diane blickte sie erwartungsvoll an.

»Also. Der Junge, von dem ich dir erzählt habe …«

»Deine neue Eroberung?« Diane schmunzelte.

»Janek.« Leoni blieb ernst. »Er hat sich heute Mittag der Polizei gestellt. Er hat das Mädchen im Prater umgebracht. Angeblich.«

Dianes verwirrter Ausdruck wich Bestürzen.

»Janek, du meinst doch nicht *den* Janek Weber!«

»Doch. Aber ich glaube nicht, dass er das Mädchen wirklich umgebracht hat.«

Dianes Finger klackerten über die Tastatur. Sie schielte auf den Bildschirm.

»Das kann doch nicht sein. Der Janek?«

Die Pressemeldung der Polizei erschien in der aufgerufenen Datei. »… hat gestanden, den Mord an Laura Hopf (16) begangen zu haben«, las Diane vor. »Das kann doch gar nicht sein. Das ist sicher nicht derselbe. Den kennst du?«

»Diane!«

Leoni klappte den Bildschirm vor Dianes Nase runter. Diane öffnete entrüstet den Mund. Aber Leoni kam ihr zuvor.

»Ich war die letzten drei Tage mit Janek zusammen. Kann sein, dass er ein bisschen strange ist. Aber er ist total lieb. Jedenfalls ist er kein Mörder, verstehst du?«

»Ach, und das weißt du so genau. Und woher, bitte schön?«

»Keine Ahnung. Ich weiß es eben.«

»Mein Gott, Leoni. Ich glaub, ich brauch noch einen Kaffee.«

Leoni folgte Diane in die Küche. Während sie rauchend auf dem Hocker an der Theke saß, betätigte Leoni die Espressomaschine. Dabei erzählte sie alles. Wie sie Janek im Zug kennengelernt hatte. Von ihren Ausflügen, vom Essen in der WG und dass sie sich von Janeks Verhalten liebevoll umworben, aber gleichsam irritiert gefühlt hatte. Diane schüttelte zu allem besorgt den Kopf. Sie regte sich darüber auf, dass Leoni so unvorsichtig gewesen war. Verflixt noch mal! Warum war es so schwer, zu erklären, dass an Janek außer extremen Stimmungsschwankungen nichts verdächtig, sondern dass er im Gegenteil charmant, witzig und fürsorglich war?

»Ich fasse es nicht. Zum Glück ist dir nichts passiert. Ab jetzt nimmst du dir immer ein Taxi.«

Diane plapperte ohne Punkt und Komma. Der kleine Zeiger an der Temperaturanzeige der Espressomaschine näherte sich dem roten Bereich. Leoni drückte den Hebel nach unten und der Mokka floss aus dem Chromhahn.

»Ganz klar, deine schwarzen Locken. Dass mir das nicht früher aufgefallen ist. Deshalb war Janek hinter dir her.«

Leoni stellte eine Tasse auf die Küchentheke.

»Diane. Stopp. Janek war es nicht.«

Diane zog die Espressotasse an sich heran und hob die rechte Augenbraue. »Leoni, du hast dich aber nicht ernsthaft verguckt in den Kerl, oder?«

Leonis Blick glitt aus dem Fenster. Was sollte sie darauf bloß antworten? Eine Weile beobachtete sie die beiden Putzfrauen im Büro gegenüber.

»Janek ist okay. Er hat Probleme, über die er nicht spricht, aber er ist wahnsinnig süß.«

Dianes Blick versank in der leeren Tasse, als gäbe es darin eine geheime Botschaft zu lesen.

»Solange Janeks Unschuld nicht eindeutig erwiesen ist, wirst du von der Bildfläche verschwinden. Ich schicke Rita eine SMS. In Anbetracht der Umstände kannst du sicher zu ihr. Jedenfalls ist Wien momentan zu gefährlich für dich.«

Leoni nickte. Die Aussicht auf ein paar Tage mit Rita kamen ihr vor wie das reinste Paradies. Ihre Nerven hatten dringend Erholung nötig.

»Und Betty?«, erkundigte sie sich besorgt. »Ich will nicht, dass sie was davon erfährt. Sie macht sich solche Sorgen.«

»Betty braucht von der Geschichte nichts zu wissen. Die soll sich erst mal erholen und wieder auf den Damm kommen.«

Diane kramte ihr iPhone aus der Umhängetasche. »Hoffentlich meldet Rita sich. Oft ist der Empfang ganz schlecht da oben.«

Was für eine Vorstellung, in der Abgeschiedenheit von Ritas Berghütte zu wandern oder im Morgengrauen im See zu schwimmen. Aber wie konnte sie in all dem Chaos einfach entspannt Ferien machen? Janek stand unter Mordverdacht und sie ließ es sich gut gehen. War es nicht besser, hierzubleiben? Für alle Fälle. Und Kommissar Thiel … Sie wollte doch kämpfen. Leoni rieb sich müde die Augen. Nichts als Gedankenfetzen. Sie hatte kaum geschlafen in der letzten Zeit. Und die Aufregung der vergangenen Tage zerrte mehr an ihr, als sie gedacht hatte.

»Sobald Rita sich meldet, fährst du los.« Diane legte das Handy in ihre Tasche zurück. »Sag mal, dieser Janek«, fragte Diane weiter. »Was weißt du noch über den?«

Leoni überlegte.

»Wohnt in 'ner WG, hat Stress mit seinem Medizinstudium, kocht gern, ist wahnsinnig aufmerksam, sieht gut aus. Was noch?«

Diane grinste schelmisch. »Du hast nicht zufällig ein Foto von dem? Ich meine, ihr wart doch die ganze Zeit zusammen?«

Leoni fühlte Wut in sich hochsteigen.

»Sorry, ich bin neugierig. Aber nur privat, nicht beruflich«, stellte Diane klar. »Was ist? Traust du mir nicht?«

»Okay. Aber du wirst die Fotos nur ansehen, nicht kopieren, klar?«

Dianes Gesicht war anzusehen, dass Leonis strikte Einschränkung sie doch ein wenig enttäuschte. Leoni holte den Fotoapparat und schaltete ihn an: die Studentengruppe auf der Parkbank neben dem Springbrunnen, Janek am Eingang zum Heckenlabyrinth, Janek auf der Wiese vor dem Turm, Janek mit breitem Grinsen und den Händen in den Hosentaschen.

»Sieht smart aus. Und sexy – soweit ich das beurteilen kann. Und was ist das?«

Leoni rutschte vom Hocker und betrachtete das Bild genauer. Es zeigte unscharf eine gewundene Treppe vor einem großen Fenster. Mehrere Pflanzentöpfe waren davor aufgereiht. Ein zweites Foto zeigte dieselbe Treppe aus einer anderen Perspektive. Es schien, als würde am oberen Bildrand jemand die Treppe betreten oder sie verlassen. Jemand, der gelbe Schuhe trug. Leider war das Bild arg verwackelt und Genaueres war nicht zu erkennen.

»Sieht nach Probeaufnahmen aus«, mutmaßte Leoni und schaltete zu einem dritten Bild weiter. Es zeigte einen Korridor, von dem links und rechts Büros abgingen.

»Janek hat mir die Kamera geschenkt. Wahrscheinlich hat er sie vorher ausprobiert. Hast du eine Ahnung, wo das sein könnte?«

Diane schüttelte den Kopf. »Keinen Schimmer. Die Kamera ist klasse. Ganz schön üppiges Geschenk nach so kurzer Zeit, findest du nicht?«

Leoni schoss ein Bild von Diane. Wie immer kniff sie die Augen zu, wenn sie fotografiert wurde.

»Janek hat mir die Kamera geschenkt, weil er selbst gern fotografiert. Sie ist gebraucht. Die war nicht so teuer.«

Die Erklärung schien Diane einzuleuchten. Sicherheitshalber verstaute Leoni den Apparat wieder in ihrem Rucksack und stellte ihn neben ihr Bett. Sie wollte Dianes berufliches Interesse an den Fotos eines Mordverdächtigen nicht mehr als nötig auf die Probe stellen.

»Hi, Leoni. Sorry, ich hab die Klingel nicht gehört. Komm rein.«

Noah stand in kurzer Pyjamahose und T-Shirt in der geöffneten Tür. Er kratzte sein unrasiertes Kinn und machte einen ziemlich verwirrten Eindruck. Offenbar war er eben erst aufgestanden.

»Ich hab mein Handy bei euch vergessen, glaub ich.«

Noah lächelte müde. Schwarze Ringe zeichneten sich unter seinen Augen ab.

»Ja, stimmt.« Er schlug sich mit der Hand an die Stirn und schlurfte mit hängenden Schultern zur Küche.

»Ich hab's grade noch irgendwo hingelegt«, murmelte er. »Tut mir leid, hier ist das reinste Chaos.« Tatsächlich waren Spüle und Anrichte vollgestellt mit dreckigem Geschirr, zerfledderte Zeitungen und eine Schachtel mit vertrockneten Pizzaresten lagen auf dem Esstisch. Noah tastete über die verstreuten Zeitungsseiten, spähte unter den Tisch und lüftete ein Kissen auf der Sitzbank. »Ach, da.« Das Handy lag neben einer offenen Schachtel mit Fotos.

Leoni nahm es und schaltete es an.

Noah nahm ein schmutziges Trinkglas von der Tischplatte und ließ es mit Wasser volllaufen. »Ich hab's erst gestern Abend gefunden. Ich wollte mich melden, aber dann hab ich gerafft, dass es gar nicht geht. Ich hatte gehofft, dass du einfach vorbeikommst.«

Noah stellte ein sauberes Glas Wasser vor Leoni hin und ließ sich neben sie auf die Sitzbank fallen. Er sah mit gequältem Lächeln zu, wie Leoni entgangene Nachrichten abfragte. Außer einer anklagenden Ansage von Betty gab es nichts Neues. Rita hatte sich nicht gemeldet.

»Du ahnst nicht, was hier abgeht. Heute Morgen um sechs standen wieder die Bullen vor der Tür. Spurensicherung. Dabei haben die gestern schon alles auf den Kopf gestellt.«

»Hast du irgendwas von Janek gehört?«

Noah schnaufte. »Wie denn? Die lassen dich nicht mal telefonieren, wenn du in U-Haft bist.«

Er wandte sein Gesicht ab und wischte über seine Augen. Heulte er?

»Am liebsten würd ich abhauen. Eine andere Stadt, anderer Kontinent. Janek ist doch wie mein Bruder. Okay, er ist ein Eigenbrötler. Aber ein Mörder? Ich pack das einfach nicht.«

Noah zog ein zerknülltes Taschentuch aus der Hosentasche und schnaubte hinein. »Veronique zieht aus. Sie will nicht weiter in dieser Wohnung wohnen.«

Leoni starrte auf das blaue Display ihres Handys. Krampfhaft suchte sie nach ein paar trostreichen Worten.

»Das mit Janek hat Veronique geschockt. Kein Wunder. Aber warte, bis sich alles aufklärt. Du findest wieder jemanden für die Wohnung. Die ist doch großartig.«

Noah hob sein Gesicht. Seine Augenlider waren rot und seine Lippen aufgesprungen. Erbärmlich sah er aus.

»Und wie soll das bitte funktionieren?«, krähte er. »Willst du vielleicht das Zimmer von meinem besten Freund? Er sitzt grad im Knast, weil er leider ein paar Mädchen aufgeschlitzt hat. Ich hab selbst keinen Bock, weiter hier zu wohnen. Ich ... ich ... weiß einfach nicht weiter.« Noah vergrub sein Gesicht in den Händen.

»Janek kommt wieder raus. Das war alles ein Irrtum. Es ist doch gar nicht sicher, dass er's war.«

Noahs Blick wurde mit einem Mal leer und ausdruckslos.

»Das hab ich gestern auch gedacht. Aber die Bullen haben Janeks Jeans hinter der Waschmaschine gefunden. Sie war voll Blut. Sein Hemd haben sie in der Forchgasse aus 'ner Mülltonne gezogen.«

Leonis Magen krampfte sich heftig zusammen. Ihre Knie fühlten sich zittrig an. Die Vorstellung von Blut an Janeks Jeans verursachte ihr Übelkeit. Das war doch nicht wahr, was Noah da sagte.

»Ich fahr weg«, hauchte Leoni. »Zu einer Freundin nach Salzburg.«

Noah war fassungslos. »Was? Dann haust du also auch noch ab.«

»Nur für ein paar Tage«, versuchte Leoni abzumildern.

Noah nickte niedergeschmettert und zog die Schachtel mit den Fotos zu sich herüber.

»Das ist Wiessee, unsere Kreisstadt. Da hat Janek mal 'nen Fotowettbewerb gewonnen.«

Noah hielt Leoni das Foto hin. Er selbst war darauf mit raspelkurzen Haaren neben Janek zu sehen. Er hatte stolz den Arm um Janeks Schultern gelegt und grinste von einem Ohr zum anderen. Janek hielt eine gerahmte Urkunde in den Händen und lächelte stolz. Janeks Mutter und sein Vater standen hinter ihm. Beide blickten gefährlich wie Security-Offiziere. Es war klar, dass sie niemals zulassen würden, dass ihr Sohn seine Zeit mit Fotografieren verplempern würde.

»Heftig!«, kommentierte Leoni. »Meine Mutter sollte auch mal Medizin studieren. Aber sie hatte keinen Bock und ist abgehauen nach China und in den Vorderen Orient. Dort ist sie so lange geblieben, bis daheim alle kapiert hatten, dass es ihr Leben ist.«

Es war beruhigend, Betty zur Mutter zu haben, fand Leoni. »Und deine Eltern?«, wollte Leoni wissen. Noah kramte in der Schachtel. Er zog ein zerrissenes Foto heraus und betrachtete es. Leoni nahm es ihm aus der Hand. Ein drahtig aussehender Typ im Blaumann vor einer riesigen Kreissäge war darauf zu sehen. Noah griff danach. Offenbar war es ihm nicht recht, dass Leoni das Foto ansah. »Wir hatten ein Holzbauunternehmen zu Hause. Meine Mutter ist gestorben, als ich fünf war.«

»Ist sie das?«

Am abgerissenen Bildrand war eine dunkelhaarige Frau in ausgefransten Jeans und Rollkragenpulli zu erkennen. Ihr Gesicht war zwar nur zur Hälfte auf dem Foto, aber ihr Ausdruck verriet Klarheit und Entschlossenheit.

Noah biss sich auf die Lippen.

»Das ist ... bloß ein Mädchen. Sie hat bei uns gearbeitet.«

Noah steckte das Bild ganz unten in den Karton.

»Kann ich das Bild haben? Das mit Janek und dir.« Noah verzog unwillig den Mund. Dann hielt er Leoni das Foto hin.

»Du kannst es ebenso wenig glauben wie ich. Dass Janek es getan hat, oder?«

Leoni nickte. »Janek war's nicht. Er hat die Mädchen nicht umgebracht.«

Noah drückte den Deckel auf der Fotoschachtel fest. »Du meinst, das hier ist alles nur ein Albtraum, und wir wachen auf und stellen fest, es ist alles wieder okay? Schön wär's. Aber wir machen uns besser drauf gefasst, dass es nicht so sein wird.«

Leoni erhob sich.

»Ich verzieh mich jetzt. Wenn ich morgen nach Salzburg fahre, muss ich noch packen.« Das war zwar gelogen, aber

Leoni fand es besser, zu gehen. Noahs düstere Stimmung machte sie selbst noch deprimierter.

»Ich melde mich, wenn ich zurück bin, okay?«

»Wann?« Noahs Augen glänzten.

»Ich denke, ich bleibe bloß ein paar Tage. Eine Woche höchstens. Auf keinen Fall länger.«

Noah schien erleichtert. Trotzdem setzte er noch einmal nach. »Musst du wirklich weg? Ich meine, gerade jetzt. Wir brauchen dich, Janek und ich.«

Noahs Wangen hatten einen roten Schimmer bekommen. Leoni stand schnell auf. Es war Noahs unendlich verzagter Blick, der sie davon abhielt, einfach hinauszustürmen. Die Erinnerung an den unbeschwerten Abend zu fünft versetzte ihr einen Stich. Nein, sie würde Noah nicht alleinlassen. Er war ein guter Kumpel und Janeks bester Freund.

»Sag mal, leihst du mir das *Unschuldsbiest*? Ich war gestern bei der Lesung von Malevic. Schon irgendwie irre, der Typ.«

Noah lächelte. »Bist du jetzt auf den Geschmack gekommen?« Er verschwand in seinem Zimmer. Durch die halb offene Tür erkannte Leoni die Unordnung auf dem Fußboden und auf dem Bett. Kabel, Computerkeyboards, Schmutzwäsche. Vielleicht hatten die Bullen auch Noahs Zimmer durchsucht. Noah rumpelte irgendwo gegen und fluchte etwas von »Saustall«. Dann zog er ein Buch aus dem Regal. Als er es aufklappte, fiel ein Papierstreifen heraus. Schnell schob Noah ihn mit dem Fuß unter ein zusammengeknülltes Hemd auf dem Boden. Leoni hätte schwören können, dass ein Bild auf dem Streifen war. Die andere Hälfte von der jungen Frau im Rollkragenpullover.

»Hier, bitte.«

Leoni tat schnell einen Schritt von der Tür zurück.

Noah hielt ihr das Buch hin und grinste. »Krieg ich aber wieder. In einer Woche, okay?«

Leoni rannte die Treppe hinunter. Überall blätterte Putz von den Wänden. Ihre Schritte hallten bedrohlich durch den düsteren Flur. Fast wäre sie gestolpert, als sie auf eine der losen Kacheln trat. Erst als sich das Haustor hinter ihr schloss, verlangsamten sich ihre Schritte. Seltsam befreit und gekräftigt, trabte sie die enge Gasse entlang. Ihr Handy klingelte. Diane war dran. »Wo bist du bloß? Bitte setz dich in ein Taxi und komm sofort zu mir in die Redaktion.«

»Ja, aber ...«

»Bitte tu einfach, was ich dir sage.« Die Aufregung in Dianes Stimme war nicht zu überhören. »Janek hat sein Geständnis widerrufen. Du bist in Gefahr, Leoni. Dieser perverse Killer rennt frei rum, wenn ich nicht irre.«

»Alles klar. Ich komme.« Leoni drückte das Gespräch weg. Komisch. Eigentlich hätte die Nachricht sie in Panik versetzen müssen. Mit ihrem Aussehen war sie schließlich dazu bestimmt, das nächste Opfer zu sein. Aber sie spürte nichts. Kein flaues Magengefühl, keine zittrigen Knie. Rein gar nichts. Und die Niedergeschlagenheit und Resignation von eben waren auch wie weggeblasen. Janek hatte widerrufen! Er war es nicht! Er konnte es ja gar nicht gewesen sein. Jetzt würde sich alles aufklären. Und Leoni? Niemals würde sie ihn im Stich lassen.

Die Redaktion lag im Obergeschoss eines schick renovierten Ziegelbaus. Früher war das Gebäude Teil einer Straßenbahnremise gewesen. Das war an den alten Schienen zu erkennen, die im mit Kopfstein gepflasterten Boden verliefen. Sie stieß die Tür auf und ließ suchend den Blick durch das wuselige Großraumbüro schweifen. Gleich rechts, hatte Diane erklärt. Aber die riesige Halle glich einem unüberschaubaren Bienenschwarm. Dicht an dicht lagen die durch Stellwände voneinander getrennten Computerarbeitsplätze. Größtenteils saßen Frauen an den Tischen und tippten. Zwischen ihnen bewegten sich Leute mit Headsets und laberten ohne Rücksicht laut drauflos. Leoni hielt Ausschau nach Diane. Erstaunlich wenig Männer arbeiteten hier. Wahrscheinlich saßen die im dritten Stock, in der Chefetage. Da war ja Diane. Sie hing umständlich mit dem Oberkörper aus dem geöffneten Fenster und blies Rauch in die Luft. Als sie Leoni kommen sah, warf sie die Zigarette weg und stürzte auf sie zu.

»Es tut mir so leid, Schatzi. Komm, wir gehen nach oben.« Diane wirkte fahrig und aufgeregt. Leoni folgte Diane durch das Labyrinth aus Stellwänden zur Treppe. Die dicke Glastür, die oben hinter ihnen zufiel, schnitt das Gesumme und Getöse der Nachrichtenfabrik einfach von ihnen ab.

Diane fläzte sich auf eine blaue Sitzgruppe. Leoni setzte sich neben sie.

»Leoni, ich möchte, dass du auf schnellstem Weg rauskommst aus Wien. Entweder du fährst zu Rita oder zurück nach Hamburg. Janek hat sich bei seinem Geständnis in Widersprüche verstrickt. Eine ganz verrückte Sache. Er konnte alles genau beschreiben, den Tathergang, die Waffe, den Todeskampf des Mädchens. Aber er konnte nicht sagen, woher er sie kannte und warum er sie getötet hat. Ich habe selbst mit dem Kommissar telefoniert. Das passt alles nicht zusammen.«

Leoni umschlang ihre Knie und zog sie an sich. Ihre Zähne bearbeiteten nervös ihre Unterlippe.

»Ich hab dir gleich gesagt, dass Janek das nicht war.«

Ohne darauf einzugehen, berichtete Diane weiter.

»Was ich dir sage, ist nicht offiziell. Es gibt einen Gutachter, der Janek untersucht. Der hat einen Freund, der bei der Staatsanwaltschaft arbeitet. Jedenfalls ist die Information aus sicherer Quelle. Sie werden Janek so lange in Gewahrsam behalten, bis das Gutachten abgeschlossen ist. Die Polizei hat offiziell noch nichts bekannt gegeben. Aber ich weiß, dass man nicht richtig an seine Schuld glaubt.«

Leoni betrachtete nachdenklich ihre Knie. »Aber warum gesteht Janek einen Mord, den er nicht begangen hat?«

Diane rückte näher und legte beide Hände auf Leonis Unterarme. »Ich habe keine Ahnung. Vielleicht wollte er sich wichtig machen oder dich erschrecken. Jedenfalls ist seine Schuld nicht erwiesen. Solange das so ist, gehe ich davon aus, dass es zu weiteren Morden kommen kann. Ich habe noch mal die Fotos der Opfer durchgesehen. Du siehst denen unglaublich ähnlich, Leoni.«

Unwillkürlich fasste Leoni sich ins Gesicht.

»Hat Rita sich gemeldet? Ich will lieber zu ihr als nach Hamburg.«

Diane zog die Lasche an der Seitentasche ihrer Hose auf und holte ein Bündel Fünfzigeuroscheine heraus. »Ich war bei der Bank. Ab jetzt fährst du nur noch Taxi und meidest einsame Plätze. Keine Alleingänge, kapiert? Nur noch dahin, wo andere Menschen sind.«

Leoni faltete die Scheine auseinander. Immerhin war ihre Sicherheit Diane dreihundert Euro wert. Leoni rollte die Scheine zusammen und steckte sie ein.

»Weißt du, was ich nicht verstehe? Wenn Janek es vielleicht nicht war, warum lassen sie ihn nicht frei?«

Diane stand auf und massierte mit gequältem Gesichtsausdruck ihren Nacken. »Was du weißt, ist nicht offiziell. Die Polizei will Zeit schinden, denke ich. Für die Öffentlichkeit ist jetzt erst mal Janek der Täter. Das beruhigt die Presse, bis der Richtige hinter Gitter sitzt. Ob Janek es nun war oder nicht, steht auf einem anderen Blatt.«

Diane nahm Leoni an der Hand und zog sie zur Tür. »Ich komme heute früher, um fünf. Lass uns zusammen ins Kino gehen.«

»Kino ist okay. Sag mal, glaubst du, ich kann mit Janek reden?«

Diane wandte sich auf der Treppe nach Leoni um. »Spinnst du? Du lässt da jetzt deine Finger raus. Wenn er entlassen wird, ist Zeit genug dazu.«

»Aber ich kenn Janek doch. Soll ich mich einfach verpissen und ihn im Knast schmoren lassen? Janek ist sensibel, das macht den fertig. Vielleicht kann ich ihm helfen.«

»Leoni.« Dianes Augen funkelten. »Pfoten weg, verstanden?«

## kapitel sieben

*Wie Karamell schimmert deine Haut, dein Mund duftet nach Beeren. Und dein Haar wogt wie dunkle Wellen. Mein Herz ist so voll von Sehnen, es muss sich entladen. Spürst du meine Nähe? Ja? Lauf nicht weg. Es hat keinen Sinn. Du bist auserkoren. Die Mächte des Schicksals wollen es: du und ich. Alles fließt zusammen und ergibt Sinn. Wir sind einander ebenbürtig. Du und deine Leidenschaft und ich, der Architekt des Todes. Ich kann sehen, wie du vor mir liegst im Moos unter den Weiden. Den Ort weiß ich schon. Fühlst du, wie der Wind dreht? Deine Nase zittert.*

Leoni dachte nach. Schon seit einer Stunde lag sie in der prallen Sonne auf der Loggia und blinzelte in die Sonne, die nur von einem hauchdünnen Wolkenschleier bedeckt war. Zum ersten Mal, seit sie in Wien war, genoss sie die Hitze. Sie fühlte sich wach und bei vollkommen klarem Verstand. Sicher lag es an den Tropfen mit Misteltinktur. Laut Packungsbeilage stärkten sie das Nervensystem. Jedenfalls hatten sie Leoni einen tiefen Mittagsschlaf beschert, aus dem sie quicklebendig erwacht war. Sogar geträumt hatte sie. Von Rita. Auch wenn sie in einem Funkloch saß – es war nur eine Frage von Stunden, bis sie antworten würde.

Sobald sie zu einer Wanderung oder Klettertour aufbrach, würde sie das Handy anschalten und mitnehmen. Gleich unterhalb des Sees war der Empfang tadellos.

Die Vorstellung, bald selbst in dieser gigantischen Landschaft zu sein, war fantastisch. Zugleich fand Leoni es ein wenig schade, dass sie so schnell wegfahren sollte, wo sie doch eben erst hier angekommen war. Seit der Sache mit Janek sorgte sich Diane ganz rührend um sie. Diane hatte recht. Nach ihrer Rückkehr aus den Bergen war Zeit genug, um Janek anzurufen. Vielleicht konnte sie ihn dann sogar schon besuchen. Leoni musste lächeln bei dem Gedanken an ihn. Die Kamera, die Ausflüge, die Einladung zum Essen. Woher kamen bloß seine plötzlichen Ausbrüche? Diese stetig wechselnden Stimmungen von sanft und liebevoll bis unberechenbar und aggressiv? Genau wie Malevic. Wie zusammengeknetet hatte er nach der Lesung in seiner Garderobe gesessen. Plötzlich war er ausgerastet und hatte auf diesen Journalisten eingeschlagen. Genau wie Janek. Auch schlief Malevic wenig bis gar nicht. Ob man aggressiv wurde, wenn man unter Schlafmangel litt? Bei dem Gedanken richtete sich Leoni wie an einer unsichtbaren Schnur gezogen auf. Malevic und Janek. Beide litten unter Schlaflosigkeit. Beide hatten sich als schuldig an den Mädchenmorden bekannt. Beide hatten widerrufen. Leoni starrte nachdenklich durch die offene Balkontür. Dianes Laptop lag auf dem Schreibtisch. Leoni stand auf und ging hinein.

Es gab zahllose Einträge, Links und Foren zum Thema Insomnie, wie der wissenschaftliche Begriff für Schlaflosigkeit lautete. Die Ursachen dafür waren so vielfältig wie das

Erscheinungsbild von Schlafstörungen selbst. Psychische Probleme konnten die Ursache sein, auch Asthma, Zuckerkrankheit und Demenz. Konzentrationsschwächen, Depressionen und Gedächtnisstörungen waren häufige Folgen. Interessant war, dass hauptsächlich das Gehirn den Schlaf brauchte, nicht so sehr der Körper. Ohne Träume gab es kein seelisches Gleichgewicht. Schlaf diente vornehmlich zur Regeneration des Gehirns. Ohne diese Psychohygiene konnten amnestische Störungen, also Lücken in der Erinnerung, auftreten. Beide, Janek und Malevic, erinnerten sich in plastischen, lebhaften Bildern an ihre Tat. Doch fehlten zwischen den Fragmenten ihrer Erinnerungsbilder die logischen Zusammenhänge. Das mochte zu den Ungereimtheiten in ihren Aussagen führen und dahin, dass beide letztlich dementierten. Leoni klickte den Link zur Bibliothek des Instituts für Schlafforschung nur zufällig an. Dr. Rothmaler, die Leiterin der Abteilung, schien eine Koryphäe auf dem Gebiet zu sein. Sie hatte zum Thema Schlafstörungen eine ganze Reihe von Studien veröffentlicht. Die Adresse des Instituts stand unter dem kleinen Foto der Wissenschaftlerin: das alte Krankenhaus. Klar, Janek hatte doch erwähnt, dass es in dem runden Turm ein Institut für Gehirnforschung gab. Das musste es sein. Leoni fuhr den Laptop herunter und checkte die Uhrzeit. Kurz nach zwei. Die Bibliothek war bis zum frühen Abend geöffnet. Genau konnte sie nicht sagen, was sie sich davon versprach, aber wenn sie Janek schon nicht helfen konnte, so wollte sie doch jedenfalls besser verstehen, was mit ihm los war.

Leoni durchquerte die von Studenten bevölkerte Gartenanlage und hielt unter dem Torbogen. Vor ihr lag auf dem Hügel das beängstigende Bauwerk mit seinen vergitterten Fenstern und dem schmalen Portal. Sie zögerte. Wirklich gefährlich war es nicht. Überall lagerten Grüppchen von Studenten auf der Wiese. Lachen und fröhliches Geplauder klang herüber. Trotzdem pochte Leonis Herz aufgeregt, als sie die Wiese in Richtung Eingang überquerte. Die Erinnerung an Janeks Ausbruch kam zurück. Leonis Hand zitterte, als sie sie auf die Schlange aus Metall legte, die statt eines Türgriffs das Portal zierte. Sie fühlte sich kalt an, trotz der Hitze. Leoni drückte die Türklingel. Nichts passierte. Links der Tür gab es ein ebenerdiges Fenster. Leoni trat einen Schritt zurück und klopfte zwischen den Gitterstäben an die Scheibe. Hinter dem schmutzig grauen Glas erkannte Leoni eine Regalwand mit Aktenordnern, davor eine Batterie zylinderförmiger Glasgefäße. Etwas Gelblich-weißes schwamm in den Gläsern. Leoni schauderte. Gehirne! Der ganze Tisch stand voll damit. Wie Einweckgläser sah das aus. Da klappte die kleine Tür auf und ein Fleischberg mit Halbglatze guckte heraus. Leoni musste sofort an einen Sumo-Ringer denken. Er trug einen weißen Kittel und grinste freundlich.

»Suchen Sie jemand?«

Leoni stand mit offenem Mund da und starrte den Mann an. Dann riss sie sich zusammen.

»Ich suche die Bibliothek. Ich brauche Informationen über Insomnie.« Cool, dass ihr das lateinische Wort eingefallen war. Aber ihre Stimme klang trotzdem piepsig.

Der Fleischberg schob sich aus der Tür und ließ Leoni

eintreten. »Bitte. Sie brauchen nicht klingeln. Es ist immer offen.«

Leoni betrat eine kleine Halle und blieb erstaunt stehen. Sie kannte diesen Raum. Sie hatte ihn schon einmal gesehen. Da war die Wendeltreppe mit dem rostig grünen Metallgeländer vor dem hohen Fenster mit den vielen Blumentöpfen. Leonis Kopf schwirrte. Woher kannte sie dieses Gebäude?

»Orchideen, herrlich, nicht wahr? Wollen Sie welche? Wir kriegen die nicht los vor unserem Umzug.«

»Nein, danke.« Verwirrt stolperte Leoni hinter dem Sumo-Mann über den glänzenden Flurboden. Eine seltsame Leere herrschte hier drin. Durch eines der vergitterten Fenster sah Leoni drei Mädchen, die sich angeregt unterhielten, aber kein einziger Laut drang von draußen herein. *Bibliothek* verkündete ein Schild mit altdeutschen Lettern. Darunter gab es ein Schwarzes Brett mit Aushängen. Das Institut suchte neue Probanden für das Schlaflabor.

Leoni betrat die Bibliothek. Der Parkettboden roch nach Bohnerwachs.

»Ich bin oben, falls Sie mich suchen.« Der Dicke zwängte sich über eine schmale Treppe auf die Empore. Das war's schon mit der Bibliothek. Zwei dunkle Arbeitstische aus Holz vor einer zweistöckigen Bücherwand. Leoni trat an den Tisch mit dem PC und gab den Namen Rothmaler ein. Unter den Signaturen Ro211-215 fand Leoni die Bücher. Sie nahm die Treppe zur kleinen Galerie und ließ den Finger über die Bücherrücken gleiten. Men, Pe, Ro … Rothmaler. Da, wo die Bände stehen sollten, klaffte eine dreißig Zentimeter große Lücke.

Das Geräusch herabfallender Bücher ließ Leoni herumfahren. Drüben, am anderen Ende der Galerie, war der Fleischkloß im weißen Mantel damit beschäftigt, Bücher in graue Plastikwannen zu verpacken. Mit entschuldigendem Lächeln sammelte er die heruntergefallenen Bücher ein.

»Ich hätte eine Frage. Die Bücher von Dr. Rothmaler. Wo sind die?«

Der Fleischkloß sah Leoni mit zusammengekniffenen Augen an. Er überlegte. Leoni nutzte die Pause, um das Namensschild auf der linken Brustseite des Mannes zu entziffern. Hellmann, las sie dort.

»Sind die schon weg? Komisch. Ich hab die nicht eingepackt. Wir ziehen um, wissen Sie. Aber die Sachen von Dr. Rothmaler müssten eigentlich im Regal stehen.«

»Leider nicht«, erklärte Leoni.

»Hm.« Hellmann erhob sich mühevoll und rieb mit Daumen und Zeigefinger über seine Nasenwurzel.

»Schauen wir mal.«

Erstaunlich leise glitt der große Mann die Holztreppe nach unten. Er beugte sich über den PC und tippte mehrere Titel ein.

»Sie haben wirklich Pech«, sagte er, das Kinn in Richtung Bildschirm gereckt. »Eigentlich darf das gar nicht sein. Alle vier sind ausgeliehen. An ein und dieselbe Person. Es sind eigentlich nur zwei Titel erlaubt.«

Hellmann schnalzte empört mit der Zunge.

»Na, so was! Wissen Sie, wer die Bücher hat? Malevic, Arthur. Aber der kriegt bei uns auch keine Sonderrechte. Soll ich ihn anmahnen?«

»Dauert das lange?«, wollte Leoni wissen.

»Wenn Sie's eilig haben, müssen Sie sich direkt an den Herrn wenden.«

Ein schwirrend hoher Ton sang in Leonis Ohren. Malevic. Was hatte der mit den Büchern zu tun? Was wollte der mit Schlafforschung?

»Nein. Ist nicht so dringend«, krächzte Leoni. »Ich guck irgendwann noch mal vorbei.«

Es war nicht schwierig, die Adresse herauszufinden. Leoni rief einfach Gulbranson an. Der Agent erinnerte sich an sie. Leoni schwärmte, wie beeindruckt sie von der Lesung gewesen war. Das war noch nicht mal gelogen. Aber dass sie Malevic schreiben und sich bedanken wollte, natürlich schon.

»Ja, ich verstehe. Da freut er sich.«

Leoni konnte das Strahlen in Gulbransons Stimme fühlen. Zwei Minuten später fuhr sie mit der Stadtbahn in Richtung Westen. Leoni verpasste beinahe die Station, an der sie in den Bus umsteigen musste. Ihre Gedanken ratterten wie ein Computerdrucker. Malevic und Janek wurden beide verdächtigt, Morde begangen zu haben. Beide bekannten sich zuerst schuldig, stritten aber danach ab, die Taten begangen zu haben. Beide wurden des Mordes verdächtigt, beide litten unter Schlafstörungen. »Malevic ist ein Vielschreiber, ein leidenschaftlicher Nachtarbeiter«, hatte Diane in ihrem Artikel geschrieben. Vielleicht war das Gedankenmodell zu einfach konstruiert, aber die Gleichklänge waren verlockend. Leoni konnte nicht anders, sie musste ihnen nachgehen. Noch drei Stationen, dann war sie da. Leoni fühlte, wie ihr Herz gegen die Rippen pochte.

Und Malevics Gewaltausbrüche? Sie würde auf der Hut sein, ganz klar.

Aschenputtelweg, Rapunzelstieg, Rübezahlweg. Die Straßennamen unterstrichen das biedere Ambiente der Siedlung. Breite Garagenauffahrten und Einfamilienhäuser hinter hohen Hecken. Einige noble Villen waren auch darunter. Die von Malevic lag auf einem weitläufigen Wiesengrundstück zwischen alten Obstbäumen. Alles machte einen ziemlich ungepflegten und vernachlässigten Eindruck. An den Fenstern des Bungalows waren die Metalljalousien heruntergelassen. Leoni betrachtete ihr Spiegelbild im Glas der roten Eingangstür. Kurze Jeans mit Fellbordüre und lila Spaghettishirt waren garantiert nicht das richtige Outfit für einen Besuch bei einem Starautor, aber es gab jetzt keine Alternative. Leonis Blick suchte den Türrahmen nach einer Klingel ab. Plötzlich knirschte etwas hinter ihr. Sie fuhr herum.

Nichts. Dann sah sie eine braun gefleckte Schwanzspitze aus den dichten Brennnesseln ragen. Leoni ging in die Hocke und lockte die Katze. Geduckt und mit vorgerecktem Kopf schlich das Tier auf sie zu. Es war ein ausgewachsener, behäbiger Kater mit geflecktem Fell. Er beschnupperte Leonis Finger und schubberte dann schnurrend mit ganzer Breitseite an ihrem Knie entlang.

»Was bist du denn für ein fetter Brummer?« Leoni strich über das warme Fell des Tiers. Da knarrte die Haustür und eine ältere Frau in einem schwarzen Poncho lugte heraus. Sie sah etwas wirr aus mit ihren zerzausten Haaren, aber ihr wulstiger Mund lächelte freundlich.

»Suchen Sie jemanden?«

»Ja, Arthur Malevic.« Leoni richtete sich auf. Sternchen tanzten vor ihren Augen. Verdammter Kreislauf. Bloß jetzt nicht umkippen.

Die Frau lehnte sich mit verschränkten Armen an den Türpfosten.

»Das ist jetzt ein bisschen schlecht.«

Leoni steckte ihre Hände in die Hosentaschen.

»Ich muss mit ihm reden. Ich war gestern bei der Lesung. Meine Tante ist Journalistin und ich …«

»Mein Bruder arbeitet. Bitte rufen Sie seinen Agenten an. Der macht einen Termin für Sie.«

Die Frau drehte ihre schwarzen Locken über ihren Zeigefinger.

»Meine Tante ist Diane Weißflog. Sie hat den Artikel im *Chat* geschrieben. Ich muss mit Herrn Malevic reden.«

»Na gut, dann kommen Sie schon rein.«

Kopfschüttelnd schlurfte die Frau in den Flur. Blind vom plötzlichen Wechsel in das diffuse Dämmerlicht, stolperte Leoni über den dunkelgrünen Teppichboden. Eine vollkommen überfüllte Garderobe und ein Haufen abgetragener Schuhe davor fielen Leoni ins Auge. Der Flur war ein heilloses Sammelsurium von alten Rattanmöbeln und Bücherregalen. An den ebenfalls grünen Wänden hingen zerfetzte Plakate, die von Malevics vergangenen Ruhmeszeiten kündeten. Malevic im schwarzen Anzug mit weißer Farbe übergossen, Malevic in schwarzen Lederklamotten bei der Schlachthofbesetzung, Malevic 1990, wie er nach einer Lesung von Polizisten abgeführt wird. Wie ein smarter Gangster sah er aus damals. Ein Dichterganove.

Die Frau kickte eine einzelne Flip-Flop-Sandale aus dem Weg und blieb stehen.

»Arthur, da ist jemand für dich«, rief sie durch die offene Tür. Dann drehte sie sich zu Leoni um und zog die linke Augenbraue hoch. Das bedeutete wohl, dass Leoni ab jetzt sich selbst überlassen war. Ohne ein weiteres Wort drehte sich die Frau um und schlenderte auf ein Zimmer am Ende des Flurs zu.

»Danke«, hauchte Leoni ihr hinterher. Als sie sich wieder der Tür zuwandte, prallte sie gegen ihn.

»Ups!«

Schwarze Lederweste. Tätowierungen an beiden Oberarmen. Geflochtenes Metallarmband, Taucheruhr. Ein Geruch nach Tabak und Schweiß. Abfällig verzog Malevic den Mund.

»Was wollen nur alle von mir? Ach, gestern, die Lesung.«

Er erkannte Leoni und richtete seinen Zeigefinger auf sie. Ihr Herz zappelte ängstlich.

»Ich muss mit Ihnen reden.« Leoni verschränkte die Arme und straffte sich. »Es geht um die Bücher von Dr. Rothmaler, die Sie ausgeliehen haben.«

Malevic hängte seine beiden Daumen in seinen breiten Gürtel und machte ein verblüfftes Gesicht.

»Aha. Können Sie auch nicht schlafen?«

Das Arbeitszimmer war wie die anderen Räume grün und unaufgeräumt. Das dunkle Ledersofa knarzte, als Malevic sich breitbeinig daraufsetzte. »Schöne Beine. Mit dem Fell an der Jeans, das sieht sehr sexy aus.«

Leoni nahm auf einem Klappstuhl Platz und legte die

Hände auf die Knie. Unangenehm, so mit nackten Beinen dazusitzen.

»Sie haben vier Bücher von Dr. Rothmaler ausgeliehen. Zwei sind erlaubt«, sagte sie schnell.

Malevic kratzte sich an seiner unrasierten Wange.

Leonis Blick huschte über die hohen Regale links und rechts vom kleinen Schreibtisch. Bücher waren kaum darin, dafür eine Menge komischer Objekte. Ein Pflasterstein, ein Paar hochhackige rote Lackschuhe und eine Skulptur aus Gips und Draht mit Federn dran. Malevic verschränkte grinsend die Hände im Nacken. Leonis Erkundungen amüsierten ihn.

»Soso, zwei Bücher sind erlaubt. Dann hab ich also ein Delikt begangen und weiß es nicht einmal. Wollen Sie mich vielleicht anzeigen?«

Wie witzig. Leoni beschloss, nicht auf seine Provokation einzugehen.

»Ich brauche die Bücher. Ich will was über Schlafstörungen herausfinden.«

»Dann sind wir schon zwei.« Er begann leise zu singen. »Und morgen früh, wenn Gott will, wirst du wieder geweckt ...«

Wollte er Katz und Maus spielen? Das konnte er haben.

»Schlafstörungen machen infantil. Manche machen sie auch zu Mördern.«

Malevics Lippen kräuselten sich. Sein Finger glitt verloren über die Sofalehne.

»Soso. Also wegen der Bücher sind Sie schon mal nicht hier. Sind Sie von der Presse?«

Leoni veränderte ihre Sitzhaltung.

»Ich bin keine Journalistin. Sie können Ihren Schlagring ruhig stecken lassen.«

Er lächelte, beeindruckt von ihrer Schlagfertigkeit.

»Ich brauche Ihre Hilfe. Ein Freund von mir ist verhaftet worden. Er steht unter Verdacht, den Mord an dem Mädchen in der Forchgasse begangen zu haben. Er hat sich selbst angezeigt. Aber jetzt ist er nicht mehr sicher, die Tat begangen zu haben. Genau wie bei Ihnen. Sie haben doch auch erst gestanden und dann abgestritten.«

Malevic klaubte eine Packung Zigaretten aus der Seitentasche seiner Lederweste. Sein Gesicht war ernst.

»Das ist doch alles Blödsinn. Ich werde über diese beschissene Mordsache nicht mit Ihnen sprechen. Verstanden?« Nervös zündete er seine Zigarette an. »Entschuldigung. Diese Geschichte sitzt mir total in den Knochen. Dieser Junge …«

Er sah Leoni an.

»Janek.«

»Ist das Ihr Freund?«

»Nicht richtig. Ich meine, ich kenne ihn erst kurz.«

Unvermittelt drehte Malevic ihr den Rücken zu und wühlte in einem Papierhaufen auf dem Boden. Leoni reckte den Hals und sah zu.

»Da. Diese Fotos. Während des Verhörs haben die mir ständig diese Fotos gezeigt. Wieder und wieder. Das war wie Gehirnwäsche. Ich konnte nicht anders, als alles zuzugeben.«

Malevic hielt Leoni die Zeitungsausschnitte mit dem Bild des Opfers hin. Schwarze Locken, entschlossener Blick.

»Zu dritt, zu viert haben mich diese Arschlöcher fertiggemacht. Stundenlang. Immer wieder die Fotos. *Sie waren das! Sie haben das Mädchen auf dem Gewissen.* Und so weiter und so weiter.« Seine Stimme klang brüchig. Er schluckte und flüsterte weiter.

»Die haben so lange auf mich eingeredet, bis ich nicht mehr anders konnte. Bis die Fotos mich im Traum verfolgt haben. Ich wusste nicht mehr, ob ich es gewesen bin oder nicht. Können Sie sich das vorstellen?«

Er warf die Zigarette in den Aschenbecher und hielt Leoni seine Hände hin.

»Alles voll Blut. Hier, die Hände bis zu den Ellenbogen. Ich hab das selbst geglaubt. So weit hatten die mich. Aber ich war es nicht. Ich geb vielleicht bescheuerten Pressescheißern was auf die Fresse, aber ich bring keinen um, verstehen Sie?«

Leoni stützte die Ellenbogen auf die Knie. »Klar. Ich glaube weder, dass Sie es waren, noch, dass Janek das getan hat.«

Malevic ließ sich in die Sofapolster fallen.

»Rührend. Und jetzt wollen Sie Ihrem Freund helfen und kommen deshalb zu mir. Aber ich kann Ihnen nicht helfen, weder Ihnen noch Ihrem Janek.«

Leoni senkte den Blick und fuhr mit ruhiger Stimme fort.

»Janek leidet unter Schlafstörungen. Er hat mir nicht erzählt, was Schlafentzug mit seiner Psyche anstellt. Aber er hatte Stimmungsschwankungen und neigte zu aggressiven Ausbrüchen.«

Malevic lachte tonlos.

»Und jetzt sehen Sie Parallelen?«

»Da gehört nicht mal viel Fantasie dazu, oder?«

Malevic schnaufte. Seine Finger trommelten unruhig auf der Sofalehne.

»Schön. Zugegeben. Ich habe auch schon daran gedacht. Frau Dr. Rothmaler ist seit Längerem im Urlaub, deshalb hab ich die Bücher ausgeliehen. Ich dachte, ich finde was in ihren Untersuchungen. Keine Ahnung, Wahnvorstellungen, Realitätsverlust oder so. Ist doch schon irgendwie abgefahren, wenn man plötzlich die Wirklichkeit nicht mehr von seinen Vorstellungen unterscheiden kann.«

Leoni hob das Zeitungsfoto auf. Es war das Bild, das sie im Zug zum ersten Mal gesehen hatte.

»Schlafmangel ist eine Art Familienkrankheit bei uns. Ich bin seit zwei Jahren bei Dr. Rothmaler in Behandlung. Ich habe morgen einen Termin mit ihr. Sie können die Bücher gern mitnehmen. Ich spreche direkt mit ihr.«

»Kann ich bei dem Gespräch dabei sein?«

Er erhob sich und legte den Kopf schief.

»Also bitte, das geht dann doch zu weit. Aber ich erzähle Ihnen alles, was ich herausgefunden habe. Weil Sie mir so sympathisch sind. Wollen Sie auch einen Kaffee?«

»Lieber Wasser. Wissen Sie, was komisch ist?«

Malevic drehte sich im Türrahmen um.

»Was?«

»Sie waren davon überzeugt, das Mädchen in der Dreyhausstraße umgebracht zu haben. Janek hält sich für schuldig an dem Mord in der Forchgasse! Bei aller Ähnlichkeit ist das doch ein wichtiger Unterschied, finden Sie nicht?«

Malevic zog die Nase kraus und kniff die Augen zusammen. Leoni konnte regelrecht sehen, wie die Gedanken zwischen seinen Schläfen hin und her huschten.

»Respekt. Die Überlegung hat etwas. Bleiben Sie sitzen. Ich hol uns was zu trinken.«

Der Bus zuckelte durch den Feierabendverkehr. Überall gab es Baustellen, derentwegen die Autos die Straßen blockierten. Der Verkehr war lahmgelegt und nichts ging voran. Es roch nach säuerlichem Schweiß und billigem Bier in dem vollen Bus. Leoni musste an Malevic denken. Das Gespräch hatte ihn ganz schön aus der Fassung gebracht. Die Rolle des unnahbaren Genies hatte er Leoni gegenüber abgelegt. Ihre Fragen und Gedanken hatten ihn sichtlich beeindruckt. Der Bus hielt und öffnete seine Türen. Der schrille Lärm von Pressluftbohrern drang herein, Benzingestank und dumpfe Hitze. Wien konnte grausam sein. Vor allem in den Außenbezirken. Leoni trank einen Schluck Wasser und checkte die Nachrichten auf dem Handy. Rita hatte sich immer noch nicht gemeldet. Hoffentlich war ihr nichts zugestoßen. Vielleicht war sie einfach nur nicht rausgekommen aus dem Funkloch. Nicht weiter schlimm. Vielleicht sogar gut. Malevic wollte morgen mit Dr. Rothmaler reden. Vielleicht ergab das Gespräch einen Hinweis, irgendein Detail, das Janek weiterhelfen könnte. Wenn sie noch einen Tag in Wien blieb, würde sie sofort von allem erfahren. Malevic hatte ihr zugesichert, sie gleich nach dem Gespräch anzurufen. Malevic war echt in Ordnung. Er fand es gut, dass sie sich für Janek einsetzte. Vielleicht konnte sie zusammen mit Malevic etwas herausfinden, das zu Janeks Freilassung führte. Malevic hatte erzählt, er hätte in der Tatnacht nach einer Party in seinem Auto geschlafen. Als er im Morgengrauen aufwachte, war er umringt von Polizisten. Er bestritt, etwas mit dem Mord zu tun zu haben. Aber als man ihm auf dem Präsidium die Fotos vorlegte, spulte sich seine Erinnerung wie ein Film in ihm ab. Entsetzen und Schauder hatten Malevic erfasst, als er von seinen blutüberströmten Händen erzählte. Janek hatte seine Erinnerungen in genau die gleichen Worte gekleidet. Es schien, als hätten beide dieselben Bilder im Kopf.

»Bist du komplett meschugge! Allein?« Diane rammte den Gang rein, dass das Getriebe krachte.

»Du hast selbst gesagt, Malevic ist unschuldig. Warum sollte ich nicht mit ihm reden?«

Der Wagen machte einen Satz vorwärts und rollte mit abgestorbenem Motor auf die Kreuzung. Diane drehte hektisch am Zündschlüssel und Leoni zeigte den aufgebrachten Hupern den Stinkefinger. Der Motor heulte auf und sie flitzten los. Diane saß mit rotem Kopf und zusammengepressten Lippen hinterm Steuer. Leoni hatte wirklich keine Ahnung, was sie falsch gemacht haben konnte.

»Malevic stand zweimal wegen Verführung Minderjähriger vor Gericht. Reicht das? Ich will nicht, dass du dich mit dem triffst.«

Leoni zog die Schultern hoch und drehte die Handflächen nach oben.

»He, ich kann gut mit dem reden. Ich will nicht in die Kiste mit ihm. Außerdem kann ich selbst entscheiden ...«

Diane bog scharf links ab. Leoni fasste nach dem Haltegriff, um nicht gegen die Wagentür geschleudert zu werden.

»Du kannst entscheiden, wenn du wieder bei Betty in

Hamburg bist. Bei mir lässt du das bleiben, ja? Schön, dass du Janek helfen willst. Aber erst muss sich rausstellen, dass er mit dem Mord definitiv nichts zu tun hat. Ich hab das Verhörprotokoll gelesen. Ein totales Chaos aus widersprüchlichen Behauptungen. Zum Beispiel hat der Täter seinen Opfern bewusst aufgelauert. Janek behauptet, die Frauen nicht zu kennen. Aber das ist noch nicht erwiesen.«

Leoni ließ sich mit verschränkten Armen gegen die Sitzlehne fallen.

»Na super. Die Bullen finden vielleicht in den nächsten zehn Jahren raus, dass Janek es nicht war. Aber in der Zwischenzeit geht er im Knast vor die Hunde.«

Diane richtete ihren Blick angestrengt auf die Leitplanke. Die abschüssige Kurve mündete in einen Parkplatz neben einem Fährhaus. Hinter der niedrigen Kaimauer wälzten sich die graubraunen Wassermassen der Donau dahin. Der Wagen kam ruckelnd zum Stehen.

»Solange Janek in U-Haft sitzt, kannst du nichts tun. Ich lasse nicht zu, dass Malevic dich mit seiner kranken Fantasie dazu anstachelt, Detektivin zu spielen.«

Leoni blickte demonstrativ aus dem Seitenfenster.

»Noch mal, Leoni. Der Mörder läuft hier irgendwo rum. Er hat zwei Mädchen auf dem Gewissen.«

Nervös spielte Dianes Daumen am Bremshebel.

»Rita hat geschrieben, sie erwartet dich morgen um drei in Salzburg.«

Leoni starrte auf den Fluss. Rasend schnell zog das Wasser an ihnen vorüber. So nah dran, konnte man nicht sagen, ob die Wassermassen sich bewegten oder der Boden, auf dem sie standen. Leoni wurde ganz schwindlig davon. Ihr Blick suchte und fand Halt an einer Weide, die am Ufer stand. Sie würde warten, was Malevics Gespräch mit Dr. Rothmaler ergab. Erst dann würde sie wegfahren. Dieses Gespräch war wichtig. Leoni wusste es einfach.

Dianes Fingerknöchel hämmerten ans Seitenfenster.

»Also? Spaziergang oder nicht?!«

Leoni öffnete ihre Tür im Zeitlupentempo. Sie hatte gar nicht mitbekommen, dass Diane schon ausgestiegen war. Ihre Beine fühlten sich schwer an.

»Sag mal, Doc Martens bei der Hitze. Du hast sie nicht alle, oder?« Leoni warf verärgert die Tür zu. Musste sie sich jetzt in alles einmischen?

»Sorry.« Diane legte den Arm um Leonis Schulter. »Ich behalte deinen Janek im Auge. Wenn es was Neues gibt, sage ich dir sofort Bescheid. Dein Zug geht zwanzig nach zwölf. Ich hab schon für dich gebucht.«

Es lag an Dianes hektischen, unregelmäßigen Schritten, dass ihre Hüften beim Gehen unentwegt aneinanderknallten. Leoni konzentrierte sich eine Weile, aber es war unmöglich, sich in Dianes Schrittrhythmus einzufinden. Trotzdem löste sie ihren Arm nicht von Dianes Hüfte. Sie genoss das Gefühl der Geborgenheit und Sicherheit, das von der Umarmung ausging. Erst nachdem sie den Garten des Fährhauses weit hinter sich gelassen hatten und vom Weg auf den Damm wechselten, wurden Dianes Schritte entspannter. Die Abendluft roch nach einer Mischung aus Diesel und trockenem Holz. Ein schwarzer Schleppkahn trieb lautlos an ihnen vorüber. Im Führerstand brannte Licht.

»Die haben richtige Wohnungen auf diesen Schiffen.« Diane war stehen geblieben und zog ihre Jeansjacke an. »Ich bin mal ein paar Tage mitgefahren mit so einem Kahn. Zur Recherche.«

Der Wind trug das Geräusch des tuckernden Motors herüber. Sanft zeichneten sich Wolken am Himmel ab.

Diane fingerte ein dunkelrotes Kuvert aus der Brusttasche.

»Kannst du das morgen für mich mitnehmen?«

Leoni grinste. »Da fehlt aber die Adresse. Und richtig zugeklebt hast du's auch nicht.« Diane wendete den Brief unsicher in ihren Händen. Das dicke Papierbündel darin ließ den Umschlag beinahe platzen.

»Der Brief ist für Rita.«

»Schon klar.«

Leoni beeilte sich, Diane das Kuvert aus der Hand zu nehmen. Es fühlte sich gewichtig an und kostbar. Wie ein Bündel schwer zu beschaffender Reisedokumente. Leoni konnte Rita richtig vor sich sehen, wie sie damit morgen in der Abenddämmerung am Seeufer zum Waldrand wanderte. An dem Felsen mit den beiden Kiefern würde sie sich setzen und den Brief lesen. Leonis Herz schlug aufgeregt bei dem Gedanken. Rita und Diane. Unterschiedlich wie Feuer und Wasser. Leicht war das nicht, aber eben intensiv und pulsierend. Hoffentlich würden sie es noch einmal miteinander versuchen.

Nach dem Spaziergang aßen sie auf der Terrasse des Fährhauses unter türkisdunklem Himmel. Außer einem alten Ehepaar mit Hund waren sie die einzigen Gäste. Zu Leonis Überraschung trank Diane keinen Wein, sondern nur Apfelsaftschorle. Auch geraucht hatte sie den ganzen Abend nicht.

»Dieses Lokal, das wäre vielleicht auch was für Rita«, sagte Diane beim Zahlen. Leoni spürte die Sehnsucht in Dianes Stimme. Ein gutes Zeichen, fand sie.

Dr. Rothmaler. Der Name auf dem Schild an der weißen Flurtür war eindeutig zu erkennen. Leoni hatte den Ausschnitt auf Dianes PC auf 200 Prozent vergrößert. Das Bild stammte vom 14. Juli. Die gewundene Treppe, das Orchideenfenster. Verdammt, warum war ihr das nicht gestern schon aufgefallen? Dass sie beim Betreten des Instituts das Gefühl gehabt hatte, den Raum zu kennen, war kein Déjà-vu. Sie hatte die Treppe und den Flur einfach schon gesehen. Auf den Bildern in der Kamera, die Janek ihr geschenkt hatte. Wahrscheinlich hatte er die Aufnahmen zur Probe gemacht. Jedenfalls waren sie extrem gegenlichtig und unscharf. Auch das mit der Treppe. Erst die Vergrößerung machte klar, dass die Orchideen nicht im Fokus lagen. Die hatte Janek gar nicht gemeint, als er das Foto machte. Er hatte den gelb-roten Nike-Schuh im Visier, der links oben über der letzten Stufe schwebte. Ein Stück schwarzes Hosenbein war noch mit auf dem Bild. Da rannte jemand die Treppe hoch. Vielleicht wollte der oder die sich nicht fotografieren lassen. Jedenfalls war Janek im Institut für Gehirnforschung gewesen. Und er kannte Dr. Rothmaler. Das war doch kein Zufall, dass er ihre Tür fotografiert hatte. Ein Medizinstudent mit Schlafstörungen fotografiert das Büro einer angesehenen Schlafforscherin. Das war es! Dass sie das nicht gleich kapiert hatte. Es gab einen weiteren wichtigen Zusammenhang zwischen Malevic und Janek außer ihren Erinnerungen an die Morde und ihre Tatgeständnisse. Rothmaler! Das war das Missing Link. Leoni nahm die SD-Card aus dem Computer und überlegte.

Sie konnte jetzt nicht einfach zu Rita. Sie musste mit Malevic sprechen und dann später einen anderen Zug nehmen.

»Arthur ist unterwegs«, erklärte seine Schwester. »Tut mir leid, er hat kein Handy.« Immerhin konnte Leoni so viel erfahren, dass sein Termin mit Rothmaler um zwölf war. Perfekt. Bis dahin konnte sie es bequem zur Klink schaffen. Sie musste Malevic und Rothmaler von ihrer Entdeckung berichten. Das Gepäck konnte sie einfach im Schließfach deponieren. Eine SMS an Rita zu schreiben, dass sie den Nachtzug nehmen würde, durfte sie nicht vergessen.

Viertel vor zwölf und die Straßenbahn hing fest. Ein Baufahrzeug und mehrere Arbeiter in orangen Westen blockierten die Straße. Über dem Asphalt flirrte die Hitze und Leoni bearbeitete im Stakkato den Knopf des Türöffners.

»Die geht nur an der Station auf, gnädige Frau«, erklärte der Straßenbahnfahrer und machte ein saures Gesicht.

»Ich muss schnell zum Krankenhaus, bitte!«

»Jetzt machen S' halt eine Ausnahme«, mischte sich eine ältere Frau ein. »Sie sehen doch, dass es eilig ist.«

Unter den Achseln des Fahrers zeichneten sich dunkle Schweißflecken ab. »Und wenn Ihnen außerhalb der Station was passiert? Das zahlt keine Versicherung.«

»Mir passiert nichts. Bitte, machen Sie die Tür auf.«

Der Fahrer reckte den Hals und überblickte aufmerksam Fahrbahn und Baustelle. Dann bückte er sich über sein Mikro und nuschelte etwas hinein. Die Hydraulik zischte und die Wagentür ging auf.

Leoni sprintete über den Gehsteig, durch das Steinportal und quer durch den ersten Garten. Sie rammte eine Studentin. Leoni hechtete die steile Treppe hoch. Entlang der unverputzten Ziegelwand zur oberen Ebene des Parkareals. Keuchend hastete sie über die Wiese und hielt sich die Seite. Malevic war nirgends zu sehen. Leoni drückte die grüne Pforte mit der Schulter auf und betrat den spiegelglatten Flur. Stille. Der Korridor, der zur Wendeltreppe führte, lag im Halbdunkel. Keine Schritte, keine Stimmen, nichts war zu hören. Leoni hastete den Flur entlang zu Dr. Rothmalers Büro. Sie passierte das Schwarze Brett mit der blauen Probandenliste. Zwei Namen waren seit gestern dazugekommen. Leoni blieb stehen und klopfte. Keine Antwort. Sie drückte die Türklinke nach unten. Zwei Schreibtische standen in dem kleinen Büro. An einem saß Hellmann, der Sumo-Ringer. Seine Hand schwebte über einer angebissenen Wurstsemmel auf einem Stück Einwickelpapier.

»Oje. Sie haben heute wieder kein Glück. Die Bücher sind nicht da.«

»Weiß ich«, keuchte Leoni. »Wo sind Frau Dr. Rothmaler und Herr Malevic? Ich muss sie sprechen, dringend!«

Der freundliche Riese zog den Mund zu einem bedauernden Strich.

»Die haben mir leider nicht gesagt, wo sie hingehen. Aber Frau Dr. Rothmaler hat um eins einen Termin. Die kommt sicher gleich. Trinken Sie halt einen Kaffee solange.«

Leoni zog das Handy hervor. Schon kurz nach halb eins. Es war besser, hier zu warten, als alle Lokale im Umkreis nach Dr. Rothmaler und Malevic abzusuchen.

»Gut. Ich warte.«

Hellmann nickte freundlich und griff nach seiner Semmel.

Die blassrosa Blüten der Orchideen leuchteten auf der Fensterbank. Neun Stück zählte Leoni zwischen den Eisenstreben. Blüten, größer als Klatschmohn, rankten sich entlang der hohen Bambusstützen. Wie seltsam, dass sie nicht dufteten. Leoni zog sich langsam am Treppengeländer hoch. Als sie auf Augenhöhe mit den Blumentöpfen war, streckte sie die Hand aus und befühlte eine Blüte. Sie waren ohne Zweifel echt. Vielleicht war etwas mit ihrer Nase nicht in Ordnung. Leoni beschnupperte ihre Fingerspitzen. Nur Metallgeruch vom Treppengeländer und Schweiß. Plötzlich verdunkelte sich über ihr die Fensterscheibe. Da war jemand. Der Schatten zog sich lautlos zurück. In zwei Sätzen war Leoni auf halber Treppe. Gerade rechtzeitig, um einen Blick auf rot-gelbe Turnschuhe zu erhaschen. Instinktiv duckte sie sich und wartete ab, bis sie oben eine Tür schlagen hörte. Ein Kribbeln breitete sich in ihrem ganzen Körper aus. Die Schuhe von Janeks Foto! Leoni war ziemlich sicher, sie gesehen zu haben. Lautlos nahm sie die restlichen Stufen nach oben und schlich über den Flur.

*Labor 1* stand an dem weißen Schild neben der Tür. Vorsichtig schob Leoni das Gesicht vor das schmale Fenster in der Tür. Der Blick durch das dicke Glas war arg verzerrt, aber Leoni konnte auf der anderen Seite einen fensterlosen, engen Raum erkennen. Er erinnerte irgendwie an das heruntergekommene bulgarische Hotelzimmer, in dem sie im letzten Urlaub mit Betty übernachtet hatte. Ein Bett und ein Tischchen aus dunklem Plastikfurnier nahmen das ganze Zimmer ein. Die Tapete war mit großen schwarzen und blauen Kreisen gemustert. Statt eines Nachtkästchens stand ein bauchhoher Metallwagen mit Messinstrumenten und Kabeln am Bett. Atemberaubende Enge und Mief gingen von dem Raum aus. Es musste eines von Dr. Rothmalers Schlaflabors sein. Die Kabel und Geräte dienten zum Messen von Gehirnströmen, Augenbewegungen und Herztönen. Jetzt rührte sich etwas in der Kammer. Eine Gestalt mit einem dicken Packen Bettwäsche vor der Brust erschien. In der Dunkelheit konnte Leoni nicht erkennen, ob die Gestalt ein Mann war oder eine Frau. Die Gestalt hielt prüfend den Schlüsselbund hoch. Brille, kurze, runde Nase und eckiges Kinn. Die langen Haare waren hinten zu einem Zopf gebunden. Leoni taumelte rückwärts. Noah! Das war Noah!

Das Blut rauschte in Leonis Ohren. Schnell tauchte sie unter dem Türfenster ab und trippelte die Flurwand entlang. Gerade als hinter ihr die Tür ging, drückte sie sich hinter den Mauervorsprung an der Treppe. Die Schritte kamen näher und erreichten die Treppe. Leoni spähte vorsichtig um die Ecke. Das war eindeutig Noah. Eilig lief er nach unten. Arbeitete er hier? Janek hatte etwas von Nachtschichten erzählt, womit Noah sein Studium finanzierte. Das Schlaflabor war Noahs Arbeitsplatz. Anders konnte es nicht sein. Leoni lehnte sich an die kalte Mauer und versuchte, ruhig ein- und auszuatmen. Ein und aus. Ein und aus.

Leonis Stiefel waren vorne und an den Rändern mit weißem Staub bedeckt. Der Kiesweg knirschte unter ihren Sohlen. Am Apfelbaum neben der Villa ragten abgesägte Äste aus dem Stamm. Gespenstisch sah das aus. Leoni hob den Messingring und ließ ihn zweimal gegen die Tür fallen. Diesmal öffnete Malevic selbst. Er trug wieder die schwarze Weste und die Lederhose. Vielleicht hatte er gar nichts anderes anzuziehen. Seine Hand am Türrahmen zitterte leicht.

»Ich war schon weg, als Sie morgens angerufen haben. Ich bin froh, dass Sie gekommen sind. Kaffee?«

Malevic brachte sie ins Arbeitszimmer und wies auf das Sofa. »Bitte.«

Er selbst setzte sich auf den Klappstuhl.

Während Leoni ohne Umschweife berichtete, zündete Malevic sich eine Zigarette an. Dass Janek Dr. Rothmaler kannte, wusste er bereits. Er war ebenfalls im Schlaflabor in Behandlung, war aber nach seinem ersten Termin nicht wiederaufgetaucht. Als Leoni Noah erwähnte, stutzte Malevic. »Stimmt. Der Möchtegernspanier mit Pferdeschwanz. Er legt einem die Elektroden an und macht Nachtdienst. Er war nicht jedes Mal da, aber häufig.«

Mit ruhiger Stimme berichtete Leoni, dass sie Noah über Janek kannte und dass der sein bester Freund war. Malevic fummelte eine Nagelschere aus einem kleinen Lederetui und trennte damit umständlich die Glut von der Zigarette.

»Sparmaßnahmen. Die Raucherei geht zu sehr ins Geld. Und eigentlich will ich nur etwas zwischen den Fingern halten.« Malevic kicherte und sah zu, wie es qualmte. Leoni verzog das Gesicht und kramte das blaue Formular aus der Hosentasche.

»Was ist das?«

»Eine Einverständniserklärung für Probanden. Das Schlaflabor testet ein neues Überwachungsgerät im Mikrovoltbereich.«

Malevic strich das Papier auf dem linken Oberschenkel glatt.

»Und wozu brauchen Sie das? Sie sind doch noch gar nicht achtzehn.«

Leoni schnaufte und verschränkte die Arme.

»Danach haben die nicht gefragt. In den Ferien kriegt das Labor meist nicht genug Leute für die Tests.«

Die Falten auf Malevics Stirn waren dick wie Regenwürmer. »Das schminken Sie sich besser ab. Es gibt keinen Zusammenhang zwischen meinen und Janeks Erinnerungen an den Morden. Laut Dr. Rothmaler ist das vollkommen ausgeschlossen. Geradezu absurd.«

Das Formular raschelte, als er es ihr hinhielt. Zögernd griff sie danach. Leoni war sich absolut sicher, dass das Schlaflabor das fehlende Teilchen im Puzzle war.

»Jetzt schauen Sie nicht so. Da finden Sie nichts. Dr. Rothmaler und ihr Team misst Hirnströme. Beta-, Delta-, Theta-Wellen. Herzschlag, Atmung und so weiter. Ausgehende Daten. Monodirektional. Einbahn, verstehen sie? Vollkommen unmöglich, dass Daten in umgekehrter Richtung ins Gehirn hineintransportiert werden. So was geht gar nicht. Wie auch?«

Malevics Lippen zuckten. Er gab eindeutig wieder, was Frau Dr. Rothmaler ihm vorgekaut hatte. Aber das glaubte er doch nicht wirklich?

»Ich denke, dass man eine Menge Dinge mit Leuten anstellen kann, die schlafen«, beharrte Leoni. »Zum Beispiel kann ich selbst nicht immer unterscheiden, ob ich etwas geträumt oder wirklich erlebt habe.«

Malevic ließ die Zungenspitze unter der Oberlippe hin und her wandern. Nachdenklich griff er nach der abgeschnittenen Zigarette.

»Was, wenn Sie und Janek bloß einen Traum von den Morden hatten, an den sie sich erinnern?«

Malevic schwieg. Sein Gesicht wirkte wie versteinert. Leonis Worte hatten ihn ins Grübeln gebracht, aber er sprach seine Gedanken nicht aus. Wie merkwürdig. Gestern war er begeistert gewesen von den erstaunlichen Parallelen, die sie zwischen ihm und Janek entdeckt hatte, und heute wollte er anscheinend nichts mehr davon wissen. Leoni schluckte das bittere Gefühl in ihrer Kehle hinunter und räusperte sich.

»Ich gehe jedenfalls heute Abend hin. Sicher kann ich mich etwas genauer umsehen und vielleicht finde ich was.«

Malevic tastete nach unsichtbaren Tabakkrümeln im Mundwinkel.

»Sie gehen nirgendwohin. Verstanden? Das ist viel zu gefährlich.«

Seine Augen flackerten aggressiv. Leoni kapierte es nicht. Was stellte er sich so an? Ein paar Kabel an den Kopf und fertig. Was sollte daran schon gefährlich sein? Leoni zog die Schultern hoch und nickte. Sie musste vorsichtig sein. Es war besser, nicht auf Konfrontation mit Malevic zu gehen. Dass er auf dumme Gedanken kam und ihre Pläne durchkreuzte, konnte sie jetzt nicht gebrauchen.

»Okay. Aber dass Janek auch bei Dr. Rothmaler in Behandlung war, zumindest das sollten wir der Polizei doch mitteilen.«

Malevics Hand flatterte durch die Luft. »Längst erledigt. Schon heute Mittag. Frau Rothmaler hat Kommissar Thiel angerufen.«

Malevic war aufgestanden. Er schien regelrecht erleichtert, als Leoni vorgab, keine weiteren Nachforschungen anstellen zu wollen.

»Ganz richtig. Überlassen Sie die Ermittlungen der Polizei. Die machen das nicht zum ersten Mal. Im Gegensatz zu mir oder zu Ihnen.« Er lachte und begann, die Zeitschriften- und Papierhaufen auf dem Boden zu sortieren.

Irgendwas stimmte nicht. Warum hatte Malevic plötzlich kein Interesse mehr an der Aufklärung seiner merkwürdigen Erinnerung? Wieso wollte er verhindern, dass Leoni auch nur eine Nacht in einem der Laborbetten zubrachte? Er drohte sogar damit, Diane anzurufen. Wie lächerlich. Die Geschichte war vollkommen ungefährlich. Falls Leoni etwas komisch vorkam, konnte sie sich die Drähte vom Kopf ziehen und einfach gehen. Sie war bloß eine Probandin und zu nichts verpflichtet. Ihr würde nichts passieren, das wusste sie. Aber es war überflüssig, Malevic davon überzeugen zu wollen. Leonis Mundwinkel zitterten bei dem Versuch, zu lächeln. Ausgerechnet Malevic, der auserkorene Feind polizeilicher Gewalt, schwor plötzlich auf deren Kompetenz. Leonis Finger zupften unentschlossen an der Fellbordüre ihrer Jeans. Ärger ballte sich in ihrem Magen und stieg brennend die Speiseröhre hoch. Gestern hatte Leonis Theorie Malevics Fantasie angekurbelt und heute war kein Tropfen Treibstoff mehr in seinem Tank. Wer hatte den wohl abgezapft? Frau Dr. Rothmaler? Kommissar Thiel? Malevic hatte vor irgendwas gehörig Schiss. Aber wovor?

Leoni wies mit dem Kinn auf das Plakat mit Malevic und den beiden Polizisten. »Damals waren Sie mutiger. Warum?«

Malevic kam mit ausgestrecktem Arm auf sie zu. Hölzern und unbeholfen wirkte seine Geste. »Ich hab einfach meine Erfahrungen gemacht. Lassen Sie das, mischen Sie sich nicht in alles ein. Das bringt nichts.«

Seine Hand legte sich auf Leonis Schulter. Langsam durchdrang sein Zittern Leonis Schulter und breitete sich von da in ihrer Brust aus. Schnell zog Leoni die Schulter weg und sprang auf.

»Vielleicht haben Sie recht. Ich fahre heute Abend nach Salzburg und mach Ferien in den Bergen. Zufrieden?«

Malevics Mund wurde zu einem blassen Strich.

»Ich kann Sie wirklich gut verstehen, Leoni. Aber es ist besser so, glauben Sie mir.«

## kapitel acht

*Meine Häsin sitzt in der Falle. Sie wittert und schnuppert und reckt mir ihre Nase entgegen. Wir werden Spaß haben und jagen und tanzen zum sirrenden Klang meiner Klinge. Das schönste aller Gedichte ist für dich. Ich singe es jetzt schon vor Freude. Ach, meine Liebste! Du weißt nicht, wie glücklich ich bin.*

Außer Leoni waren noch drei Versuchspersonen gekommen. Eine zierliche Studentin mit kastanienbraunem Pagenkopf namens Tatjana, ein Taxifahrer mit zerknittertem Gesicht, der sich als Bernd vorstellte, und ein Sportlehrer mit grauer Igelfrisur. Er hatte seine eigene Trinkflasche aus rotem Metall dabei und hieß Kai. Hellmann schenkte gekühlten Früchtetee aus, dessen Geruch an Kaugummi erinnerte. Bereits seit einer Viertelstunde erzählte er über die verdienstreiche Arbeit des Schlafmedizinischen Instituts, das in wenigen Wochen in den neuen Räumen des Krankenhauses Mitte weiterarbeiten würde. Das meiste über die Arbeit im Schlaflabor wusste Leoni schon aus dem Internet. Als sie anfing, sich zu langweilen, kam Frau Dr. Rothmaler hereingeflattert. Sie hatte einen dicken Schmollmund und trug weite Leinenklamotten. »Guten Abend, guten Abend!«

Gehetzt warf sie ihre beutelartige Umhängetasche auf den Tisch und begann, darin zu wühlen.

Hellmann quittierte ihre Zerstreutheit mit nachsichtigem Lächeln. »Wir wären dann so weit, Frau Doktor.«

Rothmaler hob mit triumphierendem Lächeln einen Lippenstift hoch. In Sekundenbruchteilen hatte sie ihren Mund dunkelrot angemalt. Dann schritt sie energisch voran.

»Im Wesentlichen wollen wir unser neues EOG-Gerät im Zusammenspiel mit EKG und EEG an Ihnen testen. Wir bringen Sie jetzt in unsere Labors. Die Damen haben Einzelzimmer, das Doppelzimmer ist den Herren vorbehalten.«

Rothmaler grinste auf der Treppe schelmisch über die Schulter. »Keine Angst, Sie werden sich bei uns wie zu Hause fühlen und schlafen wie die Murmeltiere.«

Dr. Rothmaler wehte über den Flur des ersten Stocks. Am Ende des Gangs befand sich *Labor 3*. Es war das Doppelzimmer, dem auch ein Überwachungsraum mit Monitoren angeschlossen war. »Herr Hellmann und Herr Hanstein werden die ganze Nacht über hier sein und sich um Ihr Wohlergehen kümmern. Wenn Sie etwas brauchen, klingeln Sie.«

Das Doppelzimmer verbreitete den gleichen Charme aus Pressspan, Plastik und bedrückendem Tapetenmuster wie das Einzelzimmer, das Leoni mittags gesehen hatte. Nur dass das Bettzeug blau gestreift war. Vielleicht, weil es das Männerzimmer war, überlegte sie.

»Ja, ja, nur zu! Suchen Sie sich gleich ein Bett aus.«

Bernd und der Sportlehrer saßen wippend auf den Betten und grinsten. Den beiden war anzusehen, dass die fremde

Umgebung sie verunsicherte. Der braune Pagenkopf glitt auf einen der karierten Sessel und schlug erwartungsvoll die Beine übereinander. Auch sie war aufgeregt. Das war deutlich zu sehen. Leoni überlegte, ob sie sich in den zweiten Sessel setzen sollte. Doch dann rückte der Sportlehrer bereitwillig zur Seite und machte neben sich Platz.

»Herr Hanstein kommt gleich«, erklärte Frau Dr. Rothmaler. »Herr Hanstein ist unser Mann im Monitorraum. Ah, da ist er ja.«

Es war Noah. Die Hände tief in den Außentaschen seines hellblauen Kittels versenkt, schickte er ein überraschtes Grinsen in Leonis Richtung.

»Ach, die Herrschaften kennen sich?«, freute sich Dr. Rothmaler und setzte ihre Erläuterungen fort. »Wenn Sie heute Nacht Ihre Augen schließen, wird alles so sein wie sonst bei Ihnen zu Hause. Der einzige Unterschied ist, dass wir alle Funktionen, die während des Schlafes ablaufen, messen und analysieren. Hirnströme, die Bioströme der Gesichtsmuskeln, Herzmuskelströme und Hautströme. Außerdem schauen wir uns Ihre Atmung an, die Sauerstoffsättigung im Blut und die Augenbewegungen während der REM-Phasen. Dazu werden wir Sie verkabeln. Das bedeutet, dass wir Elektroden an Ihrem Körper befestigen. Insgesamt einundzwanzig.«

Der Sportlehrer grinste furchtlos und nahm einen Schluck aus seiner Wasserflasche.

»Wenn Sie nachts auf die Toilette müssen, klingeln Sie. Dann werden Sie entkabelt. Schwester Hilde schließt Sie wieder an und wir zeichnen weiter auf. Ich kann leider nicht die ganze Nacht über hier sein, aber morgen früh komme ich mit frischen Brötchen. Folgen Sie uns jetzt in den Monitorraum.«

Während die Probanden nach draußen strömten, ging Noah erfreut auf Leoni zu.

»Mensch, was machst du denn hier? Ich dachte, du fütterst längst die Gemsen.« Leoni las Aufregung und Freude in seinen Augen. Und noch etwas anderes. War es Nervosität?

»Janek hat mir euren Turm gezeigt. Heute Mittag war ich da, weil ich ihn fotografieren wollte. Da hab ich den Aushang gelesen.«

Noah sah sie erstaunt an.

»Und weil du Geld für die Reisekasse brauchst, haste dir gedacht, du pennst mal in 'nem fremden Bett.«

»Schlimm?«

»Quatsch. Ist doch lustig. Komm jetzt.«

Noah ging voran. Seine gelb-roten Sportschuhe quietschten auf dem Linoleum. Es waren eindeutig die Schuhe vom Foto. Noah blieb stehen und drehte sich um. Sofort bemerkte er Leonis Blick.

»Meine Mutter hat auch solche gelben Teile«, stotterte sie. »Nike, oder?«

Verdammt, was Behämmerteres hätte ihr wirklich nicht einfallen können.

»Die haben total viele. Überall tauchen die jetzt auf. Leider.«

Noah grinste und stieß die Tür auf. Das unscheinbare Kabuff war gerammelt voll mit Hightechapparaten. Eine durchgehende Front aus Messgeräten, Computern, Monitoren und Druckern lag vor ihr. Dr. Rothmaler war in einen Papierbogen vertieft und analysierte Theta-Wellen, die nach ihren Worten beim Übergang vom Schlaf- zum Wachzustand auftraten. Ihre Interpretation der Amplituden klang, als würde sie hingebungsvoll ein Liebesgedicht vorlesen.

»Beachten Sie die außerordentliche Dynamik im Verlauf der Wellen. Typisch für diese Phase sind Muskelzuckungen, Fallträume, Halluzinationen und Mikroträume. Da kann man hinterher oft nicht sagen, ob man geträumt oder etwas wirklich erlebt hat.«

Zufriedenes Glucksen lag in der Stimme der Medizinerin. Die Probanden grinsten irritiert.

»Und jetzt husch, husch ins Bett. Machen Sie sich's gemütlich. Sie können gerne noch lesen oder Musik hören, Fernsehen leider nicht. Das gibt's erst in unseren neuen Räumen, in Wien-Mitte.«

Schwester Hilde redete wie ein Wasserfall, als sie mit flinken Händen die Elektroden an Leonis Brust und Ellenbogen befestigte. Sie mochte schon etwas älter sein, aber ihre Stimme klang kräftig und volltönend. Leoni überlegte, ob es daran lag, dass sie ein Hörgerät trug.

Hoffentlich würde Hilde überhaupt mitbekommen, wenn sie nachts nach ihr klingelte.

»Sind Sie sicher, dass die halten?«

Leoni rieb mit dem Finger das Pflaster fest, mit denen die Elektroden in ihrer Ellenbeuge festgeklebt waren.

»Keine Sorge. Wenn was abgeht, sehen wir das sofort im Überwachungsraum. Dann kommen wir auf der Stelle rüber.«

Behutsam stülpte Hilde ein Geflecht aus Stretchbändern über Leonis Kopf. Sechs Elektroden saßen daran.

»Das ist Ihre Nachthaube.« Hilde rückte und zog die Bänder an Leonis Haaransatz fest. »Sind Sie sicher, dass Sie keines von unseren Nachthemden wollen?«

Leoni glitt vorsichtig ins Bett und zog die Decke höher.
»Danke. Ich schlafe immer im T-Shirt.«
Schwester Hilde lächelte.
»Soll ich das Licht ausmachen? Ist schon halb elf.«
»Klar. Machen Sie.«

Hilde legte den Schalter um und schloss lautlos die Tür. Ein Frösteln rieselte durch Leonis Beine, obwohl die Luft in dem kleinen Raum warm und stickig war. Wie ein Insekt, über das man ein Wasserglas gestülpt hatte, fühlte sie sich hier drin. Langsam gewöhnten sich Leonis Augen an die Dunkelheit. Merkwürdig, dass es hier drin kein Fenster gab. Wahrscheinlich kam die Frischluft über das eckige kleine Ding an der Decke, das sie fälschlicherweise für einen Feuermelder gehalten hatte. Unterhalb der Tür fiel blaues Licht über den Fußboden. In der Höhe des Betts war alles dunkel. Nur das leise Rauschen des Frischluftventils war zu hören und Leonis eigene Atemzüge. Langsam wurde das Geräusch des Belüfters leiser, und Leoni fühlte, wie wohlige Müdigkeit in ihre Beine und Arme kroch. Ein warmer Druck lag auf ihren Augenlidern. Verdammt. Bloß nicht einschlafen. Leoni atmete tief ein und aus und ballte rhythmisch ihre Hände. Vorsichtig rotierte sie mit den Füßen. Die kleine Gymnastik zeigte sofort Wirkung. Angestrengt starrte sie auf die kleinen Quadrate im Tapetenmuster, die sich deutlich aus der Dunkelheit lösten. Zusätzlich bewegte sie ihre Augen entlang der Quadratlinien. Langsam drifteten die Quadrate durcheinander und fielen zu kaleidoskopartigen Mustern zusammen. Die Sauerstoffversorgung hier drin war wirklich erbärmlich. Vielleicht gehörte das Surren gar nicht zur Belüftung, sondern war einfach ein Ohrgeräusch? Mist. Es war einfach zu nervig. Leoni stützte sich auf die Ellenbogen und überlegte. Sie sollte gleich nach der Schwester klingeln. Sie würde vorgeben, aufs Klo zu müssen, und ihren Erkundungsgang durchs Labor einfach jetzt schon antreten. Worauf sollte sie warten? Bis sie hier drin erstickt oder durchgedreht war?

Es klopfte. Leoni setzte sich auf und spähte zum Türfenster.

»Leoni?«

Es war Noahs Stimme. Leoni hob den Kopf und sah, wie Noahs schwarze Silhouette am Fußende ihres Betts auftauchte.

»Mädel, Mädel. Amplituden hast du wie 'ne Sprinterin.«

Er knipste den Schalter an. Gedämpftes bläuliches Licht durchströmte den Raum.

»Hm?!«

Mit gespielter Verwirrung stützte Leoni sich auf. War Noah zu trauen? Vielleicht sollte sie ihm einfach sagen, warum sie hier war. Sicher konnte er ihr bei ihren Recherchen hilfreich sein.

»Die Zeiger im Aufzeichnungsgerät zerfetzen uns drüben das Registrierpapier.« Noah setzte sich ans Fußende. Seine Stimme klang beruhigend.

»Deine Wellen sind die reinste Berg-und-Tal-Fahrt. Aber jetzt ist schlafen angesagt, nicht Fitnesstraining.«

»Ich hab so 'n Kribbeln in den Beinen«, raunte Leoni.

»Ich glaub, das kommt von der schlechten Luft. Arbeitest du eigentlich schon lange hier?«

»Drei Jahre. Wieso? Das ist ein toller Job.«

Noah tastete auf der Bettdecke nach Leonis Beinen.

»Trink mal 'nen Schluck. Ich hab Wasser dabei.«

Leoni setzte sich auf und nahm die offene Mineralwasserflasche entgegen, die Noah ihr hinhielt.

»Die Räume hier sind einfach scheiße. Wird Zeit, dass wir umziehen. Ich kann die Tür ein Stück auflassen, dann kommt mehr Luft rein. Kann ich sonst noch was für dich tun?«

Das Wasser schäumte kühl und erfrischend in Leonis Mund. Zugleich schmeckte es bitter. Leoni verzog das Gesicht. Irgendwas stimmte nicht.

»Alles okay?«

Leoni nickte und gab Noah die Flasche zurück.

»Richtig super, dass du da bist. Hat Janek erzählt, dass er auch mal hier war, oder wieso bist du gekommen?«

Leoni stützte sich mit der Hand am Bettrand ab. Schwindelig und benommen fühlte sie sich plötzlich.

»Ich ... keine Ahnung.«

Noah spitzte die Lippen und pendelte mit dem Oberkörper vor und zurück.

»Janek ist bald wieder raus, Leoni. Mach dir nicht so große Sorgen.« Noah sah Leoni forschend an.

Sie öffnete den Mund, um zu antworten. Aber außer einem krächzenden Ton brachte sie nichts heraus. Es musste was in dem Wasser gewesen sein. Leonis Herz hämmerte, aber ihre Bewegungen waren kraftlos und schlaff.

»Du bist doch nicht zufällig hier?« Noahs Stimme dröhnte. »Ganz schön mutig, dass du Janek helfen willst. Der Junge hat Glück! Prost, darauf sollten wir anstoßen.«

Amüsiert hielt Noah Leoni das Wasser hin. Selbst wenn sie hätte trinken wollen, sie wäre zu schwach gewesen, die Flasche an die Lippen zu heben. Beim Versuch, Noah das Wasser aus der Hand zu schlagen, knickte ihre Armbeuge ein, und Leoni kippte auf die Matratze.

Die Quadrate des Tapetenmusters tanzten kreisförmig vor ihren Augen.

»Jetzt bist du doch müde. Siehst du? Träum süß. Und wenn du aufwachst, feiern wir, hm?«

Noah gluckste und seine Worte verwandelten sich in fernes Blubbern. Blasen, dachte Leoni, wie unter Wasser. Es klang dumpf, als hätte jemand seine Hände auf ihre Ohren gepresst. Jetzt purzelten die kleinen Quadrate wie Dominosteine von der Tapete und umschwirrten und umwirbelten einander wie Strudel. Einer davon erfasste Noah und sog ihn in Richtung Tür. Lachend zerplatzte er in unzählige Quadrate und verschwand. Dann war alles ruhig. Ruhig, quadratisch und schwarz.

Kein Gehen, mehr ein Schweben war das. Wie Gefäße aus Nebel fühlten sich Leonis Gliedmaßen an. Der Boden unter ihren Füßen war weich wie gefilzte warme Wolle. Geräuschlos schwebte sie über das spiegelblanke Linoleum, dann wandelte sie die gewundene Treppe abwärts. Die Orchideen leuchteten weiß und blasslila in der kalten Notbeleuchtung. Mondgewächse in einem Aquarium. Was für ein Zeug auch immer im Wasser gewesen sein mochte, es war bei Weitem nicht so stark wie Leoni. Lange konnte sie nicht geschlafen haben. Auf der Uhr im Überwachungsraum war es kurz nach zwölf. Sie war da gewesen. Ganz sicher. Sie war aufgewacht und lag eine Weile stocksteif in ihrem Bett. Keine Ahnung, wie lang es gedauert hatte, bis sie mit dem Finger den Schalter über dem Kopfende erreichte. Wieder und wieder hatte sie nach der Schwester geklingelt. Aber niemand kam. Schließlich hatte Leoni sich selbst die Kabel vom Kopf gezogen und die Elektroden gelöst. Eine Ewigkeit hatte es gedauert, bis sie frei war. Und während des ganzen Prozedere hatte sie nicht mit Sicherheit sagen können, ob alles nur geträumt oder wirklich geschehen war. Schließlich hatte sie es bis in das Zimmer mit den Monitoren geschafft. Aber die Erinnerung daran, wie sie dort hingekommen war, hatte ihr Gedächtnis einfach verschluckt, wie ein schwarzes Sumpfloch. Sie hatte versucht, die Stahlschubladen mit den Aufzeichnungen über die Patienten aufzukriegen. Natürlich waren sie abgeschlossen. Vier große Bildschirme dokumentierten die Vitalfunktionen der Probanden. Leonis Name war auf dem Monitor links außen eingeblendet. Ihre Atmung und ihr Herzschlag verliefen darauf in parallelen, sich ruhig fortschreibenden Amplituden. Leoni hatte mit offenem Mund dagestanden und auf die Mattscheibe gestarrt. Das war doch unmöglich. Wie konnte sie ohne Kabelverbindung hier stehen und zusehen, wie ihre Lungen arbeiteten und ihr Herz pulsierte? Wessen Organfunktionen zeigten diese Monitore? Eine andere Person musste an ihrer Stelle verkabelt worden sein. Falsch, alles war falsch hier. Und wo waren dieser Hellmann und die Schwester? Der Gedanke, dass sie ihr Handy unten in Rothmalers Büro abgegeben hatte, brannte schmerzhaft in ihrem Kopf. Alle Versuchspersonen hatten ihre Wertsachen und Ausweise im Spind hinter Hellmanns Schreibtisch eingeschlossen. Noch nie gefühlte, rasende Angst durchströmte Leoni. Ihre Gedanken jagten, doch ihr Körper folgte nur schwerfällig und langsam. Sie musste auf schnellstem Weg Diane anrufen. Unten gab es Telefone.

Leonis Hand tastete sich die kühle Flurwand entlang in Richtung Rothmalers Büro. Immer wieder sackten zwischendurch ihre Gedanken weg. Was wollte sie gleich noch mal? Weswegen war sie hier? Leonis Gehirn suchte krampfhaft nach Antworten. Verdammt. Dr. Rothmaler. Irgendwoher kannte sie den Namen doch. Genau. Das Schlaflabor. Sie war hier, um etwas herauszufinden. Dr. Rothmaler, die Morde. Das stand im Zusammenhang. Aber womit gleich noch mal? Ihr Kopf schmerzte. Es war anstrengend, darin nach Erinnerungen zu kramen.

Mondlicht fiel auf die beiden Telefonstationen auf Hellmanns Schreibtisch. Leoni zuckte zusammen. Beide Stationen waren leer. Jemand hatte die Telefone daraus entfernt. Also doch das Handy. Wo war denn bloß der Spindschlüssel? Oben in ihrem Zimmer hatte sie den noch gehabt. Egal. Irgendwas würde es hier sicher geben, womit sie die Tür aufbekam. Leoni fand eine Schere in Hellmanns oberster Schreibtischschublade, als es ihr wieder einfiel. An der Flurwand gegenüber von Rothmalers Büro war ein Metallbett auf Rollen abgestellt. Leoni hebelte mit Leibeskräften an der Spindtür. Ein kleines Stückchen hatte sie sie schon aufgebogen. Natürlich, es war ein Krankenhaus. Ganz normal, dass draußen ein Bett herumstand. Aber warum war es leer? Stand da. Gleich gegenüber. Eine Vorahnung blendete

Leoni wie gleißendes Licht. Sie hätte wegrennen müssen. Einfach rennen. Aber wohin?

Pumpen und kreisen. Pumpen und kreisen. Nur nicht wieder schlafen. Bloß nicht einschlafen. Hatte sie denn geschlafen? Pumpen und kreisen. Die Hände fühlten sich taub an und die Fußgelenke schmerzten. Sie sog zischend die Lungen voll Luft. Augen auf! Los jetzt: Augen auf.

Metallrohre an der Decke und bröckelnder Putz. Das war zuvor nicht da gewesen. Und die Tapete mit den Quadraten? Wo war die hin? Die Luft war feucht, roch muffig. Leoni fuhr hoch. Ein schneidender Schmerz an Händen und Füßen durchfuhr sie. Etwas hielt sie fest. Ihre Beine! Sie waren gefesselt. Die Hände auch. Links und rechts an den Bettrahmen. Keine Kabel, keine Elektroden. Wo war sie hier?

Mit einem Mal erinnerte sie sich gestochen scharf. Sie hatte den Spind aufbrechen wollen. Aber die Tür war offen und der Schrank leer. An der Innenseite der Tür klebte das Foto. Leoni erkannte es sofort. Es war das Mädchen mit den schwarzen Locken vor der Sägemaschine. Noah stand neben ihr und lächelte sie bewundernd an. Wunderbare schwarze Locken hatte das Mädchen und sie blickte stolz und selbstsicher in die Kamera. Erstaunlich! Das Foto war ganz. Die beiden zerrissenen Hälften waren zusammengeklebt. An dem Haken über dem Foto hing ein Stirnband mit einer Halogenlampe. Betty benutzte so was, wenn sie nachts Trainingsläufe machte. Das kleine Ding war unglaublich leistungsstark und hell wie ein Bühnenscheinwerfer. Noch etwas befand sich an dem Stirnband. Es sah aus wie eine Lupe. Ein kleines Auge. Eine Kamera!

Die Hand kam von hinten und presste sich fest auf Leonis Mund. Jemand zog sie mit gewaltiger Kraft an sich. Der Stich in den Oberschenkel kam plötzlich. Er schmerzte und lähmte zugleich.

Jetzt lag sie da. Gefesselt an ein Bett in einem düsteren Tunnel. Die Wände und die gewölbte Decke schimmerten feucht und die Luft roch nach Kalk. Gänsehaut kroch Leoni zwischen die Schultern. Sie fror in ihrem dünnen T-Shirt und der kurzen Schlafanzughose. Leonis Augen tasteten durch die Nachtschwärze. Nichts, rein gar nichts, was sich darin als Anhaltspunkt hervorhob. Es raschelte ganz kurz. Stille. Dann wieder ein Rascheln.

Ratten!, peitschte es durch Leonis Gehirn. Sie zog und zerrte an ihren Fesseln. Die Gurte saßen fest wie Metallspangen. Jede kleinste Bewegung verursachte einen brennenden, schneidenden Schmerz an ihren Handgelenken und Knöcheln. Sie musste sich daran wund gescheuert haben, während sie schlief. Tränen kitzelten in Leonis Augenwinkeln und bahnten sich ihren Weg in Richtung Schläfen. Beschissen war ein harmloser Ausdruck für ihre Lage. Hatte sie sich für unverwundbar gehalten, für Supergirl oder für wen? Wie leichtsinnig von ihr, hierherzukommen. Ihr innerer Navigator für Gefahrensituationen hatte eindeutig versagt. Überhaupt war ihr Gleichgewicht komplett aus den Fugen geraten, seit sie Janek kannte.

Das Rascheln setzte wieder ein. Leoni spannte ihre Muskeln an und bäumte sich auf, bis der schneidende Schmerz der Fesseln unerträglich wurde. Sie wollte laut aufschreien, aber ein heiseres Krächzen war alles, was sie zustande brachte.

»Hilfe. Bitte!«

Leoni keuchte.

Rascheln.

Ein heller Lichtstrahl biss ihr in die Augen. Sie blinzelte. Es war die Halogenlampe.

»Leoni?«

Das Licht kam näher. Leoni erkannte eine gedrungene Gestalt im Klinikkittel. War es Hellmann?

Geblendet schloss Leoni die Augen.

»Bitte, mach mich los.«

Sein Lachen klang rau.

»Sorry, dass es so lang gedauert hat. Natürlich mach ich dich los. Später.«

Leoni riss die Augen auf. Es war Noah! Die Lampe saß wie ein drittes Auge an seiner Stirn. Direkt daneben befand sich die Linse der Kamera. Noah streifte sich eine lange Haarsträhne aus der Stirn und streckte dann langsam die Hand aus. Kühl glitten seine Finger über Leonis Stirn.

»Schscht, mein kleiner Hase. Ich wusste, dass du kommst. Da hast den Aushang abgemacht und mitgenommen. Ich hab dich beobachtet. Gleich ist alles gut.«

Leoni schauderte unter der leichten Berührung seiner Finger. Noahs Lippen bewegten sich kaum merklich, als er weitersprach.

»Genau wie Marianne, meine Schwester. Du siehst ihr so ähnlich. Pechmarie hat unsere Großmutter sie immer genannt. Wegen ihrer schwarzen Locken. Marianne …«

Noah lächelte. In seiner Erinnerung war er weit weg. Unvermittelt verfinsterte sich sein Gesicht.

»Warum hast du mir so wehgetan? Ich wollte nichts weiter als bei dir sein, dich beschützen. Dein starker Bruder. Und du? Nur Verachtung hattest du für mich übrig, sonst nichts. Ich war ein lästiger Balg für dich, ein kleiner Scheißkerl. Weißt du noch? Du hast mich gehasst, weil du auf mich achtgeben musstest, statt dich mit den Jungs aus dem Dorf zu treffen. Marianne, ich hätte dich so sehr gebraucht, nachdem Mutter tot war. Du hast mich abends einfach in den Wald gelockt und an einen Baum gebunden, damit du zu deinem Rendezvous konntest.«

Noah schluchzte. Tränen liefen über seine Wangen.

»Ich habe gekotzt und mir vor Angst in die Hose gemacht. Bis zum Morgengrauen hast du mich dort stehen lassen. Du hast mich gedemütigt und misshandelt, und jetzt wirst du dafür büßen, du Miststück, hörst du?«

Leonis ganzer Körper zitterte. Noah war verrückt. Langsam beugte er sich über sie. Er streichelte vorsichtig ihre Locken und legte sich neben sie. Sie konnte seinen Atem an ihrem Ohr spüren, warm und ekelhaft feucht. Leoni wandte ihr Gesicht ab, aber Noah presste ihre Wangen grob zwischen Zeigefinger und Daumen und drehte sie zu sich.

»Ich liebe dich doch, Marianne, hörst du? Mein Hase, meine schöne Rose. Ich kenne Gedichte. Willst du sie hören? Komm.«

Leoni fühlte Übelkeit. Von der Magengrube stieg sie beißend hoch zu ihrem Hals. Noahs wulstige Lippen bewegten sich direkt vor ihren Augen.

»Kleine Schlampe. Du hast es mit jedem getrieben. Mit dem ganzen Dorf und später mit der ganzen Uni. Sogar für Malevic hast du die Beine breit gemacht. Er hat dich mir endgültig weggenommen. Und was hattest du davon? Er hat dich einfach weggeworfen, wie einen vertrockneten Blumenstrauß. Und du bist abgehauen. Nach Kanada. Hast mich sitzen lassen. Einfach so.«

Noahs Finger gruben sich noch tiefer in Leonis Wange. Dann drückte er seinen Mund auf Leonis. Sie würgte. Geblendet von der Stirnlampe, schloss sie die Augen. Sie dachte an Janek und wie er sich hüpfend auf einem Bein um sich selbst drehte und die Badehose auszog. Janek. Dass er unschuldig war, hatte sie gehofft, aber nicht richtig geglaubt. Und jetzt, da sie Gewissheit hatte, war es zu spät.

Leoni fühlte, wie Noah sich von ihr löste. Langsam schwang er seine Beine vom Bett und umrundete mit katzenhaft langsamen Bewegungen das Kopfende. Leoni blinzelte. Sie blickte genau in das Auge der kleinen Kamera. Noah filmte – er filmte, wie er alle seine Morde gefilmt hatte. Er musste die Aufnahmen Patienten aus dem Schlaflabor vorgespielt haben, ohne dass die es mitbekamen.

»Das gibt Bilder. Irgendwann verkaufe ich sie und werde berühmt.« Grinsend bewegte er sich zum Fußende, den Kamerablick stets auf Leonis Gesicht geheftet.

»Malevic war Patient bei uns. Das hat mich auf die Idee gebracht, ihm meinen Mord unterzuschieben. Geniale Rache, hm? Per Datenbrille im Aufwachstadium. Das ist ein Kinderspiel. Du siehst den Mord und dein Gehirn speichert ihn ab als Traum. Aber du bist nicht sicher. Später siehst du ein Foto, irgendein kleines Detail aus dem Film, und sofort kommt alles hoch. Aber diesmal nicht als Traum. Du denkst, du warst es wirklich.«

Ohne den Blick von ihr zu wenden, löste Noah die Fessel an ihrem rechten Bein.

»Janek war eigentlich nicht eingeplant. Aber dann bist du aufgetaucht, mit diesen zauberhaften Locken. Und du musstest es sein. Das war mir sofort klar. An den Mord an dir wird sich später übrigens Tatjana erinnern. Oder dieser Bernd. Ich bin noch nicht sicher. Aber ich dachte, zur Abwechslung mal eine Täterin wäre nett. Oder was meinst du?«

Vorsichtig löste er den Gurt an ihrem linken Knöchel. Was sollte das? Wollte er sie freilassen, um sie zu jagen? Die panische Angst ließ Leonis Körper gefrieren. Wie gelähmt sah sie zu, wie Noah den Arbeitskittel öffnete. Ein breiter Gürtel mit Taschen und Reißverschlüssen kam zum Vorschein. Noah fingerte zwei Mullverbände und ein Skalpell heraus. Leonis Zittern wurde so heftig, dass das Bettgestell quietschte. Noahs Mundwinkel zuckten mitleidig.

»Nicht doch. Hier drin passiert dir nichts. Erst fahren wir raus, da sind wir ungestört. Und jetzt: Mund auf.«

Leoni erstarrte vor Angst.

»Mach schon. Mund auf.«

Er packte Leonis Unterkiefer und zog daran. Leoni versuchte erfolglos, seine Hand abzuschütteln.

Die Mullbinde fühlte sich in ihrem Mund trocken und rau an. Noah drückte damit so fest gegen ihr Gaumensegel, dass sie würgte. Leoni fühlte, wie er ihren Kopf an den Haaren hochriss und den Knebel festband. Dann schlug er die Decke zurück und machte sich an ihren Händen zu schaffen. Leoni sah mit Entsetzen, wie sich das Skalpell ihren Handgelenken näherte. Es dauerte eine quälende Ewigkeit, bis er die Fesseln durchtrennt hatte. Dann gab es einen Ruck und die kabelartigen roten Plastikschnüre fielen zu Boden. Noah las sie penibel auf und verstaute sie in seinem Gürtel. Beim Durchtrennen der anderen Handfessel rutschte Noah ab. Leoni schrie auf. Doch der Knebel drückte den Laut in ihre Kehle zurück. Leonis Handgelenk brannte. Zum Glück war es nicht mehr als ein Ritzer. Zwei Tropfen dunkelroten Bluts perlten hervor. Vollkommen taub fühlte der Arm sich an. Trotzdem hob er sich unkontrolliert, wie von Geisterhand gezogen nach oben. Sie hatte wirklich nicht eine Sekunde lang an Gegenwehr gedacht. Ein blöder Muskelreflex war für die Bewegung verantwortlich. Sofort blitzte das Skalpell vor ihren Augen auf. Noah drehte das Messer dicht vor ihrem linken Augapfel. »Langsam. Aufstehen. Und keinen Scheiß.«

Leonis Augenlid zuckte unkontrolliert. Ihr Herz schlug wie das eines flüchtenden Kaninchens. Der Impuls, loszuheulen und einfach liegen zu bleiben, kam ganz plötzlich. Was für einen Sinn hatte das alles? Leoni konnte sein Spiel für eine gewisse Zeit mitspielen. Aber sie würde verlieren. Dieser Verrückte würde sie töten, wie die beiden Mädchen vor ihr. Verzweiflung und Angst sogen Leoni in einen Strudel aus dumpfer Müdigkeit. Einfach liegen bleiben und die Augen schließen. Noah packte sie unbarmherzig am Genick und zog sie hoch. Widerstandslos setzte Leoni ihre Füße auf den Boden. Ihr Gesicht war nass von Tränen, als Noah ihre Hände erneut fesselte, diesmal auf dem Rücken. Dann begannen ihre Füße wie von selbst loszulaufen. Noah ging dicht hinter ihr, das Skalpell an ihre Wange gelegt. Er dirigierte sie auf eine Metalltür zu und schaltete das Licht aus. Leoni torkelte hilflos durch die Tür, dann durch einen abschüssigen Gang. Das Geröll auf dem Boden schnitt schmerzhaft in ihre Fußsohlen. Ungeduldig zog Noah sie weiter. Mit eingezogenem Kopf starrte Leoni nach unten. Aber es war unmöglich, in der Dunkelheit zu erkennen, wohin sie ihre Füße setzte. Dicht an Noah gedrängt, bewegte sie sich weiter. Völlig unvermittelt zog er an ihren Fesseln. Leoni zuckte unter dem heftigen Schmerz zusammen. Noah öffnete rechts von ihnen eine weitere Tür. Ungeduldig stieß er Leoni vor sich her. Sie strauchelte, fing sich und tappte unbeholfen weiter. Der Boden war jetzt aus festem Zement oder Asphalt. Und die Luft war wärmer. Der Geschmack der Luft kam Leoni bekannt vor. Nach Abgasen, nach Autos roch es hier. Noah schaltete das Licht seiner Stirnlampe an. Sie standen direkt vor einer Betonsäule mit der Aufschrift 2c. Ein Parkdeck oder eine Tiefgarage musste das sein. Autos gab es nur wenige hier unten, soweit Leoni das feststellen konnte. Sicher gehörte die Garage zum Institutsgebäude und war nachts kaum besetzt.

»Hier, hier entlang. Der blaue Volvo.« Noahs Stimme klang überraschend dünn. War er nervös? Besorgt? Oder kamen ihm Zweifel über seinen Plan? Konnte ja sein, dass er gar nicht tun wollte, wozu seine Psyche ihn zwang. Leoni drehte vorsichtig den Kopf und riskierte einen Blick in sein Gesicht. Doch wegen des Gegenlichts aus dem Scheinwerfer an seiner Stirn konnte sie nichts erkennen. Mit brutalem Griff stieß Noah sie durch die hintere Tür und zwang sie, sich zwischen Rückbank und Vordersitz zusammenzukauern. Er hatte den Boden des Autos mit Plastikfolie ausgelegt. Sie fühlte sich kalt an. Klar. Sie sollte im Wagen keine Spuren hinterlassen. Dieses Monster hatte alles minutiös durchdacht und geplant. Wie ein Tier ließ er sie auf dem Fahrzeugboden hocken und schlug eine kratzige Decke über sie. Leoni hörte, wie auf der anderen Wagenseite die Tür aufging. Dann machte sich Noah an ihren Beinen zu schaffen. Sie fühlte, wie er eine Schnur um ihre Knöchel wickelte. Aber dann – Leoni konnte nicht sagen, warum – ließ er von ihr ab und schlug die Seitentür zu. Irgendwie hatte er es sich plötzlich anders überlegt oder ein fremdes Geräusch hatte ihn irritiert. Jedenfalls warf er sich in den Fahrersitz und ließ hektisch den Motor an. Der Wagen stieß scharf zurück, wendete und schoss dann eine steile Rampe empor. Der Vorgang wiederholte sich und nach einem Zwischenstopp raste das Auto auf eine Straße hinaus. Sie ratterten über Kopfsteinpflaster, bremsten und schlitterten ein Stück. Das waren Schienen, Straßenbahnschienen vielleicht. Die Währingerstraße konnte das sein. Sie fuhren stadteinwärts. Dann bogen sie nach links. Er würde sie irgendwohin bringen, wo er sie in Ruhe töten konnte. Jede Einzelheit seines Schlachtrituals würde er filmen und als Traum einem anderen Gehirn einflößen. Jetzt begriff Leoni, dass Noah Janek wegen seiner Schlafstörungen in die Klinik gelockt haben musste. So kreierte er ein neues Alibi für seinen Mord und konnte Janek aus dem Weg räumen, um besser an Leoni heranzukommen. Noah hatte ungestört seinen Köder ausgelegt und Leoni hatte angebissen. Wie blind war sie gewesen! Er hatte sich einfach gemütlich zurückgelehnt und zugeguckt, bis Leoni eins und eins zusammengezählt hatte und in seine Falle tappte. Er wusste, sie würde kommen, weil sie tief drinnen an Janeks Unschuld glaubte und dafür Beweise suchte. Er hatte ihre Zuneigung zu Janek kaltblütig für seinen Plan ausgenutzt. Wut kribbelte in

Leonis Bauch. Sie zappelte, bewegte die angewinkelten Beine. Schließlich bekam sie die Decke zwischen den Knien zu fassen. Nach einigem Ziehen bekam Leoni Augen und Nase frei. Noahs Rücken bewegte sich während des Fahrens unruhig hin und her. Immer wieder tastete seine Hand zwischen den Sitzen nach hinten, um sicherzugehen, dass Leoni noch da war. Gefesselt und wehrlos. Der Wagen durchfuhr eine Kurve und wurde danach auf der Geraden in regelmäßigen Abständen von sachten Erschütterungen erfasst. Das waren Nahtstellen von Betonplatten. Leoni reckte den Kopf. Sie sah Lichtspiegelungen am Seitenfenster. Mit einem Mal war ihr klar, wo sie sich befanden. Sie waren auf der Südosttangente in Richtung Donau unterwegs. Leonis Atem ging flach. Sie durfte keine Zeit verlieren. Ihre Hände tasteten über den Boden. Kleine Metallösen im Teppich waren alles, was ihre Finger durch die Plastikfolie erspüren konnten. Vollkommen verrückt, zu glauben, es gäbe etwas, um ihre Fesseln zu durchtrennen. Leoni fühlte, wie der Wagen in einer langen Rechtskurve die Stadtautobahn verließ und wieder geradeaus fuhr. Sie näherten sich ihrem Ziel. Es gab kaum noch Lichter, weder von entgegenkommenden Fahrzeugen noch von Straßenlaternen. Aber irgendetwas, irgendeine Kleinigkeit musste es in diesem verdammten Wagen doch geben, die weiterhalf. Etwas musste dieser Geisteskranke vergessen oder übersehen haben. Leonis Füße wühlten sich unter die Plastikplane. Ihre Zehen tasteten am Türrahmen entlang unter den Beifahrersitz. Dann fühlte sie es. Unter dem Sitz gab es eine scharfe Kante. Es schien zum Mechanismus zu gehören, mit denen man den Autositz verstellen konnte. Leonis Herz jagte. Sie musste etwas unternehmen, vielleicht gab es doch eine Rettung.

Leoni klemmte beide Füße unter den Beifahrersitz und zog sich hoch.

»He, was soll das? Unten bleiben.«

Noah hieb blind mit der Faust auf sie ein. Zum Glück traf er sie nur an der Schulter.

»Hör auf, mir ist schlecht. Ich muss kotzen«, wimmerte Leoni und drückte sich gebückt auf die Knie.

»Bleib liegen oder ich schneid dir die Kehle durch.«

Wieder sauste Noahs Faust auf sie nieder. Diesmal landeten seine Knöchel auf ihrem linken Wangenknochen. Leoni ließ ein kehliges Geräusch vernehmen und kippte zur anderen Wagenseite. Der hörbare Aufprall besänftigte Noah. Er schlug nicht mehr, sondern tastete nach Leoni.

»Ist alles okay? Wir sind gleich da. Ganz ruhig.«

Wimmernd schob Leoni die Unterarme unter den Beifahrersitz. Ihre Hände ertasteten das scharfe Metall. Verflucht, es war unmöglich, die Fesseln darunterzuschieben. Mit aller Kraft stemmte sich Leoni mit den Knien gegen die Ruckbank.

»He, bist du bescheuert? Was soll das?«

Noahs Hand fasste in ihre Seite oberhalb der Nieren und drückte brutal zu. Der scharfe, durchdringende Schmerz fuhr Leoni bis in die Fingerspitzen. Jeder Muskel an ihrem Körper war angespannt und ihre Arme streckten sich weit nach hinten. Das war der Moment. Ihre Hände rutschten unter die Metallkante. Deutlich fühlte sie die kalte Schärfe an den Handgelenken. Sie riss die Knie an die Brust und drückte sich von der Rückbank ab noch weiter unter den

Sitz. In höchster Konzentration suchte Leoni nach dem Metallstück. Die Fesseln hatten ihre Hände taub und gefühllos werden lassen, und Leoni fürchtete, statt der Schnur ihre Pulsadern zu durchtrennen. Mit kleinen, ruckenden Bewegungen schob sie den Oberkörper vor und zurück und presste dabei die Hände gegen die Metallkante. Die Schlaglöcher, durch die das Auto jetzt polterte, kündigten das Ende der Fahrt an. Sie hatten das Gelände der Donau-Auen erreicht. Leoni zerrte und zog an den Fesseln. Aber außer einem schneidenden Schmerz an den aufgescheuerten Handgelenken passierte nichts. Hass und Enttäuschung trieben Leoni die Tränen in die Augen. Jetzt blieb der Wagen ruckartig stehen. Noah würgte den Motor ab und stieg aus. Er riss die Tür an Leonis Fußseite auf.

»Komm raus, Süße. Wir spielen.«

Leoni schrie auf. Wie von Sinnen riss Noah an ihren Beinen. Er hatte nicht begriffen, dass Leonis Arme sich unter dem Sitz verheddert hatten!

Leoni wimmerte.

Fluchend ließ er von ihren Beinen ab und lief um den Wagen herum. Leonis Schultergelenke hämmerten vor Schmerz. Da packte Noah sie unter den Achseln und zog sie heraus. Ihre Beine schleiften über lehmigen Boden, dann über trockenes Gras. Überraschend behutsam legte er sie in der Nähe zweier Weiden ab. Ihre Blätter schillerten silbern im Mondlicht. Noah beugte sich über sie und strich ihr die Locken aus dem Gesicht.

»Siehst du die Weiden? Wie weißes Gefieder. Dein geschwungener Schnabel ist rot, ganz rot. Bleib liegen, ich bin gleich wieder da.«

Die Luft roch würzig nach vermoderten Blättern und Moor. Etwas Süßes mischte sich hinein. Leoni sog gierig die Lungen voll. Noah hantierte am Kofferraum, als sie sich aufsetzte. Öl. Es roch nach Öl oder Benzin. Wie an den Lagerhallen an der Schnellstraße, an denen sie mit Janek vorübergekommen war. Das musste hier ganz in der Nähe sein. Leoni kniete, kam auf die Beine. Noah drehte sich zu ihr um, der Scheinwerfer an seinem Kopf war eingeschaltet. Er hielt lächelnd ein Messer mit einer breiten Doppelklinge in der Hand. Jetzt. Sie musste rennen. Geradeaus, einfach hinein in die Dunkelheit. Weiter und immer weiter. Leonis Füße bewegten sich automatisch. Sie lief geduckt, wie ein hüpfender Vogel. Aber sie war hellwach und mit einem Mal wieder im Besitz ihrer Kräfte. Äste streiften ihre Schultern, peitschten über ihre Wangen. Sie fiel über eine Baumwurzel. Noahs Schritte waren dicht hinter ihr. Sein Scheinwerfer durchpflügte das Dickicht. Leoni drückte sich seitlich über den Arm hoch. Noahs Hand mit dem Messer war direkt über ihr.

Die Klinge blitzte.

Leonis Körper rollte über den runden Rücken zurück, holte Schwung und schleuderte die Beine hoch. Knack! Hatte sie einen Ast getroffen? Sie rollte über den Boden. Und dann fühlte sie diesen Ruck. Ein Schnalzen. Was zur Hölle? Die Fesseln! Sie waren gerissen!

Leoni rannte keuchend. Die linke Ferse schmerzte. Vielleicht hatte sie Noah damit an der Nase erwischt. Jedenfalls war von ihm nichts mehr zu hören. Leoni riss im Lauf den Knebel aus ihrem Mund und öffnete ihn zu einem stummen Schrei. Sie war am Leben. Frei und am Leben. Mit ausholenden, weiten Bewegungen lief sie über die kniehohe Wiese. Dann kamen die Böschung, der schmale Asphaltweg und die großen Steinquader. Der Entlastungskanal der Donau lag vor ihr und gegenüber die Straße. Auf allen vieren krabbelte Leoni über die Steine. Sie glitt lautlos ins Wasser und paddelte einige Sekunden in Rückenlage dem Ufer zugewandt. Sie lauschte. Keine Schritte, kein Licht. Sie pumpte Luft in die Lungen und tauchte ab. Erst als es in ihrer Brust unerträglich eng wurde, tauchte sie auf und japste nach Luft. Nur noch wenige Meter, dann war sie am Ufer.

# kapitel neun

*Betörend pulst dein Gesang*
*in blutroter Kehle*
*wird leise*
*leiser*
*und bricht*
*Kastanien flüstern*
*Wind fegt*
*dein Fell*
*ein leeres Etui*

Sie rannte gebückt die Fahrbahn entlang. Trockenes Gras und Steinchen quälten ihre Füße. Trotzdem setzte sie unablässig Schritt für Schritt. Zweimal hatte sie schon Motorengeräusche gehört. Jedes Mal hatte sie sich erschrocken zu Boden geworfen. Auch wenn sie schon einige Kilometer hinter sich hatte, konnte sie vor Noah nicht sicher sein. Leoni blieb stehen. Sie winkelte das rechte Bein an, um ihren Fußballen zu untersuchen. Irgendetwas Scharfes hatte sich in die Haut gebohrt. Sehen konnte sie nichts, aber sie fühlte Blut an ihren Fingern. Wieder fiel ihr Janek ein. Sein Tanz um die eigene Achse. Janek war unschuldig. Leonis Herz schlug schneller, sie fühlte Kraft durch ihren Körper fließen und rannte weiter. Sie konnte beweisen, dass Janek unschuldig war, und sie würde ihn retten. Leoni hörte ein rollendes Geräusch. Es klang weit weg, kam aber rasch näher. Dann vernahm sie ein Zischen. Das pneumatische Zischen eines Lkws. Leoni drehte sich um und hastete rückwärts weiter. Ein Scheinwerferpaar tauchte auf und das Motorengeräusch wurde lauter. War es wirklich ein Lkw? Sie musste vorsichtig sein. Leoni ließ das Fahrzeug auf fünfzig Meter herankommen, dann rannte sie auf die Fahrbahn. Sie riss die Arme hoch, winkte und schrie. Die Hupe des monströsen Wagens tönte wie ein Schiffshorn. Etwa fünf Meter vor ihr kam das riesige Gefährt mit zischenden Bremsen zum Stehen.

»Hams dir ins Hirn gschissen oder was?« Ein schmaler Typ in blauer Arbeitsjacke lehnte sich aus dem Fenster.

»Bitte. Ich bin überfallen worden. Geben Sie mir Ihr Handy.«

Der Mann kratzte seine Bartstoppeln. Entweder wollte oder konnte er ihr nicht glauben. Er starrte Leoni an.

»In echt?«, grunzte er. Er schien belustigt und gleichzeitig besorgt. Nachtfalter und Insekten tanzten im Strahl der Scheinwerfer. Leoni fühlte ihr Herz stolpern bei der Erinnerung an Noah.

»Bitte, Ihr Handy, schnell!«

Das war überzeugend. Die Tür der Fahrerkabine öffnete sich. Beine in kurzen Hosen, die unten in dicken Arbeitsschuhen steckten, kletterten herunter. Auf der untersten Sprosse der Metalltreppe hielt er inne und reckte neugierig den Hals. Der Fremde legte seine Hand auf Leonis Schulter und musterte sie.

»Mein Gott, Sie sind ja ganz durchgefroren. Kommen Sie. Wir rufen die Polizei von unterwegs.« Er führte sie um die Kühlerhaube des Fahrzeugs zur Beifahrertür.

»Schaffen Sie das?«

»Ich denke schon. Danke.« Ihre angeschwollenen Füße brannten vor Schmerz, als sie sich über die kleine Treppe hochzog. Tränen der Erleichterung liefen aus ihren Augen. Warm und trocken fühlte der Sitz sich an und Leoni sank augenblicklich in eine Wolke aus Müdigkeit und Erschöpfung.

»Alles klar? Ich ruf die Bullen, okay?«

Leoni nickte. Sie schluchzte laut auf.

»Danke, danke«, flüsterte sie immer wieder. Auch als er längst aufgelegt hatte und sie sich der Autobahnauffahrt näherten, wo die Polizei sie erwartete. Am liebsten hätte Leoni ihre Arme um den Hals des Brummifahrers geschlungen und ihn abgeküsst. Er reichte Leoni einen Thermosbecher mit Kaffee. Leoni trank zitternd die heiße Flüssigkeit. Dann sah sie das Blaulicht.

»Also dann.« Der Fahrer bremste ab und lenkte den Lkw an den Seitenstreifen. »Alles Gute.«

»Danke.« Plötzlich hatte Leoni es sehr eilig, aus dem Wagen zu kommen. Der Fahrer hielt sie von oben fest, als sie nach unten kletterte. Jedes Mal, wenn ihre geschwollenen, klumpigen Füße auf einer Metallstufe aufsetzten, durchzuckte sie ein höllischer Schmerz. Eine junge Beamtin mit Pferdeschwanz nahm sie in Empfang und brachte sie zum Einsatzwagen. Während ihr Kollege Leonis Personalien abfragte, drehte sie sich um zum Lkw. Der Fahrer war ebenfalls ausgestiegen und sprach mit einem Polizisten.

Dabei schüttelte er mehrmals den Kopf. Er schien den Zwischenfall immer noch nicht richtig fassen zu können. Leoni winkte hinüber, aber der Fahrer sah es nicht. Blöd. Sie kannte nicht mal seinen Namen. Die Polizistin legte Leoni eine Decke um die Schultern.

»Wir bringen Sie ins Dezernat dreiundzwanzig. Ihre Tante wartet dort schon auf Sie«, erklärte die Beamtin, als sie wieder auf der Stadtautobahn waren. Unten legte die Morgendämmerung einen metallischen Schimmer auf das Wasser der Donau. Leoni hätte gern gewusst, wie Diane dort hingekommen war und wer die Polizei verständigt hatte. Aber die Erschöpfung knüllte ihr die Frage im Mund zusammen. Ihr Kopf rutschte seitlich entlang der Rückenlehne an die Schulter der jungen Beamtin. Dicht und vernebelt fühlte ihr Kopf sich an, und sie hatte nur einen Gedanken: schlafen, schlafen, schlafen.

Jeder Mensch träumt viermal pro Nacht. Mindestens. Aber in dieser Nacht träumte Leoni nichts. Zumindest konnte sie sich an nichts erinnern. Achtzehn Stunden hatte sie geschlafen, nachdem Diane sie nach der ärztlichen Untersuchung und dem Verhör nach Hause gebracht und ins Bett gesteckt hatte. Zu ihrer Überraschung hatte Malevic Diane verständigt. Er hatte geahnt, dass Leoni ihren Plan, sich als Probandin ins Labor einzuschleusen, um Beweise für Janeks Unschuld zu finden, wahr machen würde. Die Angst um Leoni hatte ihn nicht zur Ruhe kommen lassen. Und als er Diane telefonisch nicht erreichen konnte, war er selbst mit dem Taxi zu ihr in die Redaktion gefahren. Diane setzte sich sofort mit Kommissar Thiel in Verbindung. Ihm war es zu verdanken, dass gleich eine Fahndung nach Leoni eingeleitet wurde.

»Ein Glück, dass es smarte Bullen wie ihn gibt«, meinte Diane. »Thiel wusste über Janeks Aufenthalt im Schlaflabor Bescheid und hat sofort geschaltet.«

Noah wurde noch in derselben Nacht im Überwachungsraum des Schlaflabors verhaftet. Nach dem missglückten Mordversuch war er mit gebrochener Nase einfach ins Labor zurückgefahren. Die Beamten schritten gerade rechtzeitig ein, bevor er Beweismaterial vernichten konnte.

Rita saß neben Leoni und steuerte den Wagen durch die Straßenenge neben der Baustelle. Drei Straßenarbeiter in orangen Latzhosen kippten flüssigen Teer auf die Sandbahn. Es dampfte. Leoni musste an heiße Schokolade denken. Aufgeregt sprudelte Rita vor sich hin und sah unentwegt im Rückspiegel nach Diane. Rita war sofort nach Wien aufgebrochen, als sie gehört hatte, was mit Leoni passiert war. Jetzt tauschten Rita und Diane im Rückspiegel verliebte Blicke und Diane grinste wie ein Honigkuchenpferd.

»Ihr könnt mich dort vorne rauslassen.«

Rita zog ihre gebräunte Stirn in Falten. »Janek hat doch gesagt, am Eingang zum Prater.« Rita wich geschickt einer gelben Tonne aus und rumpelte mit der linken Fahrzeugseite über den Bordstein.

»Was?« Draußen schrillten Pressluftbohrer. Leoni kurbelte das Fenster hoch.

»Da kommst du nicht rum zum Eingang, wegen der Baustelle. Lass mich einfach hier raus.«

»Bist du sicher?« Rita sah sie besorgt an. Von hinten legte sich sanft Dianes Hand auf ihre Schulter.

»Lass sie einfach an der Ampel raus, Liebste. Und du sagst uns Bescheid, wenn es länger dauert, ja? Wir machen uns sonst Sorgen.«

Sie hatte wir gesagt! Leonis Herz flatterte aufgeregt. Wir! Das bedeutete, dass sie sich nicht trennen würden. Zumindest nicht jetzt.

»Klar, mach ich. Ich ruf euch an.«

Rita drückte Leoni fest an sich und schmiegte die Wange an ihre Stirn. »Ich bin so froh, dass du okay bist. Pass auf dich auf, ja?«

Diane war ausgestiegen und half Leoni aus dem Wagen. Obwohl Rita ihre Füße den ganzen Tag in Eiswasser gebadet und Umschläge mit Ringelblumensalbe gemacht hatte, tat Leoni beim Auftreten immer noch alles weh.

Sieben Karten lagen auf dem kupfernen Tischchen und es roch nach Weihrauch. Fünf der Karten waren bereits umgedreht und Gabi klopfte mit ihrem künstlichen rosa Fingernagel auf das sechste Blatt.

»Und das ist die Antwort auf deine Frage.«

Leoni nickte stumm. Gabis perfekt geschminkter Mund produzierte ein professionelles Lächeln. Die Haut an ihren Wangen war faltig wie eine zerknüllte Papiertüte. Das kam von zu viel Höhensonne. Noch einmal wanderte Gabis gebräunter Zeigefinger an den aufgedeckten Karten entlang. »Dein Ich, was dich deckt, was dich schreckt, was dich treibt, was dir bleibt, was dir die Zukunft bringt, was dich zu Boden zwingt.« Gabi nickte Leoni ermutigend zu.

Leoni starrte auf das Wagenrad auf der Rückseite ihrer Zukunftskarte. Wollte sie das wirklich wissen? Irgendwann würde es mit Janek ebenso blöd laufen wie mit Max. Besser, sie genoss die restliche Zeit mit ihm in Wien und fertig. Und dann war da ja immer noch Belkiz und ihr gemeinsamer Traum von der männerlosen Studi-WG.

»Keine Sorge. Da hört man nichts durch. Außerdem ist Ihr Freund kein Lauscher an der Wand. So was spüre ich.« Leoni schrak herum. Ihr war gar nicht bewusst gewesen, dass sie die verschlossene Bauwagentür hinter dem Perlenvorhang anstarrte. Ihr Versuch, ein souveränes Lächeln aufzusetzen, scheiterte kläglich. Leoni berührte die Karte mit der Fingerspitze und schob sie etwas nach außen. Verdammt, war das schwer, sie umzudrehen. Leoni knabberte am Nagel ihres kleinen Fingers. Dann richtete sie sich im Sitzen auf. Mit fest zugekniffenen Augen griff sie nach den letzten beiden Karten und drehte sie um.

»Holla. So mutig«, hörte sie Gabi sagen. Leoni zwang sich, die Augen zu öffnen, und starrte auf die Karten. »Die Liebenden.« Aber daneben lag auch noch eine andere Karte. Die »Vier der Münzen«. Und die sah wirklich gruselig aus. Gabi schob beide Karten nebeneinander und spitzte die Lippen. Ihre Miene war undurchdringlich wie eine Holzmaske. Vielleicht war sie doch eine Zigeunerin, überlegte Leoni.

Der rote Bauwagen mit dem breiten Panoramafenster schwebte im Zeitlupentempo über den Dächern Wiens. Der Himmel zeigte sich in gleichmäßigem Grau, was die Vorhersage der Wetterfee von Ö24 bestätigte. Tief Hajo sorgte für Abkühlung, und Janeks Arme, die sie von hinten umschlangen, fühlten sich auf genau die richtige Weise warm und sanft an. Janeks Nase kitzelte an Leonis Ohr. Sie lehnte sich an ihn und drehte ein wenig den Kopf. Nichts mehr war übrig von seiner sportlichen Seglerbräune. Seine dunklen Augenränder ließen ihn noch blasser und sehr verletzlich erscheinen.

»Wenn du nicht gewesen wärst, säße ich immer noch in diesem Loch.«

Leoni küsste Janeks Wange. Glatt und warm fühlte seine Haut sich an.

»Bleibst du die ganze Zeit über in Wien oder fährst du zu deinen Eltern nach Labsee?«

Janek sah Leoni an und lächelte.

»Kann sein, dass ich zwischendurch kurz zu meinen Eltern fahre. Sicher ist, dass ich im Herbst nach Hamburg will. Ich bewerbe mich an der Kunsthochschule.«

»Cool.« Leoni grinste. »Und wenn die dich nicht nehmen?«

Janek zuckte die Achseln. »Dann such ich mir 'nen Job und fotografiere so lange nebenbei, bis sie mich nehmen.«

»Aha.« Leoni zog Janeks Arme fester um ihren Bauch. »Willst du eigentlich gar nicht wissen, was Gabi mir gesagt hat?«

Janek setzte ein gleichgültiges Gesicht auf. »Nö. Ich bin nämlich überhaupt nicht neugierig.«

»Na, dann ist's ja gut.«

Janek löste seine Arme und kitzelte Leonis Seiten.

»He, lass das.«

»Komm schon, verrate wenigstens ein bisschen.«

»Also gut. Die Chancen für unser Glück stehen gar nicht so schlecht.«

Janek drehte Leoni zu sich und küsste ihre Nasenspitze.
»Und über den Fluss hat Gabi nichts gesagt?«
»Über welchen Fluss?«
»Na, die Stadt am Fluss, in der wir zusammen leben werden?«

Leoni lächelte geheimnisvoll.
»Doch ...«

Sie lehnte ihren Kopf an den Fensterrahmen. Wie ein Band aus flüssigem Silber schnitt die Donau am Horizont die Stadt in zwei Hälften. Es sah herrlich aus von hier oben. Und ob an der Donau oder an der Elbe, war das nicht egal? Es gab schließlich eine Menge Flüsse, an denen sie beide glücklich sein konnten.

# Mehr von Susanne Orosz!

Susanne Orosz
**Spiel mit dem Feuer**
ISBN 978-3-7817-1501-1

Susanne Orosz
**Spur der Angst**
ISBN 978-3-7817-1502-8

Kyrill siedelt mit seiner Familie nach Deutschland. Erst als er Jurij kennenlernt, fängt er an, sich in der neuen Heimat wohlzufühlen. Aber ist Jurij für Kyrill wirklich ein zuverlässiger Freund?

Eigentlich wollte Lynn mit Bogdan nur das Filmprojekt über die Bühne bringen. Aber dann begegnen ihr auf einmal überall Bilder ihres toten Bruders. Wer oder was steckt dahinter?

Weitere Informationen unter: *www.klopp-buecher.de*